膏矿叙事

周芳 著

上海文艺出版社

引子：关于五分矿和青石帮

清宁石膏矿五分矿有两个世界，地下一个，地上一个。

地下那个，叫井下。你待在那里看不到太阳，看不到月亮，看得到的只是采膏区掘运区，包括割岩机掏槽，电钻打眼，装药爆破，等等等等，那里的人都是硬汉子，很铁血。你要学会使用岔巷绞车，使用炸药包，锤子，凿子，钎子。

地下闷，燥。鼓风机竖在井口呼呼地响，还是闷，还是燥。你第一天进到地下去，就像一个人掐住你的脖子，又像一柄铁锤锤你的胸。你喘不过气来，但你还得喘。你得干活，挖石膏。每个月的计划量张大嘴巴咬着你的脚跟，白石膏一百吨，青石膏一百五十吨。你得流汗，汗上裹着石膏灰。你燥得不行，光了膀子，穿短裤，甚至你要赤条条的，匍匐在地底下流你的汗。

我们流大汗，出苦力。当然，我们也谈女人，谈酒。那些年，我们喝的酒特别多。这个月的出膏计划量超额完成，矿长请分管生产的副矿长喝酒，分管生产的副矿长请各采区区长喝酒，各采区区长请各组长喝酒，各组长请各组员喝酒。酒是我们的血液。

我们还骂矿长，尽管喝了他的酒，还是要骂他。我们的大嗓门不能都和贺建斌一样，去"啊啊啊"地吟诵矿上诗人贺小果的诗歌。矿长姓秦，名寿生。父母爱他，愿他长命百岁地活着。秦寿生坐在主席台上给我们训话，他的脸布置得如同一个会场，阴气翻滚，阎罗王驾到一般。他训：某某某啊，你偷懒玩相，拢着袖子做大爷；某某某啊，你打老婆打得惊嚷鬼叫。他的某某某含糊不清，指代不明，就像我们都是大爷，都是打老婆的人似的。咻，我们连女人的手都没有摸过。我们青石帮老大邱红兵不叫他秦寿生矿长，叫他禽兽生，开口闭口的禽兽生。他一叫禽兽生，我们就一笑。一笑，我们的胳膊、腿舒坦了，得劲了。我们又操起家伙，挖膏的挖膏，装膏的装膏。

挖膏中途，暂歇片刻，我们靠在石膏壁上想心思，想女人。怎能不想女人呢？女人生在这世上，就是给男人想的。虽然我们有时候混账，想女人，想得杀气腾腾。出口就是骂，动手就是打。譬如那个黄大安，他从娘胎里带出来的手，专门用来打女人。大伙叫他"黄铁匠"。黄铁匠打了自己的女人陈爱香，又抱着她，哭得凄凄惨惨。爱香，我不是个东西，你打我，打我。黄大安拉着女人的手扇他的脸。矿上的第一红娘"花喜鹊"花想姣深入分析，研判的结果是黄铁匠之所以打他女人，是因为他太害怕失去她。这么好的女人，惦记她的男人不在少数。黄铁匠患上了恐惧病，恐惧失去。

有时，想女人这事情，也会走到坚硬石膏的另一面：柔软。你想一个人，你墙头上骑马还嫌低，你面对面坐下还想她，你忘了娘老子忘不了她。你的整个世界突然间就像喝醉了酒，渴望倒在谁的怀里。给你说一件事：那一年，矿上子弟学校分配来一个美丽的姑娘，她真是美。她的美，在于她不知道她自己有多么的美，她从不拿她的美当一回事，一点也没有好看女孩子常见的矜持、高傲或是扭扭捏捏。她和男人们喝酒，划拳，打扑克，一笑一串银铃声。青石帮军师贺建斌有一天乱翻杂书，翻到写狐仙写人鬼情未了的《聊斋》，便精准地抓出其中一个女狐的名字戴在姑娘头上：婴宁。贺建斌说："观其孜孜憨笑，似全无心肝者。"

我们都想婴宁，想得夜夜不能睡。青石帮的后任老大林继勇，本来不会弹吉他，偏去学一首吉他曲，夜夜在她窗下弹唱《阿莲》。

帮中兄弟梅明亮更是吃了十个豹子胆，他去找这个不把美丽当回事的姑娘。她正伏在书桌上，面色苍白，额上的冷汗滚滚地流。梅明亮吓慌了神，怔在地上，不知脚手有什么用。姑娘说，麻烦你给我煮碗红糖水。梅明亮笨手笨脚烧开水，煮生姜，放红糖。从此，梅明亮就更想她了，三天两头就想。他总是想她。他总是慌张，总是失魂落魄：喝酒忘记吃菜；睡觉忘记脱衣；坐吊车下井，忘记系安全带；掘石膏，忘记看头顶上的木梁。想想想，想有鸟用，你把她给上了，她就是你的，老大林继勇骂道。梅明亮不敢争辩，心里暗骂，林继勇你这个流氓。你一上，她就垮了，垮在你身上，甩都甩不掉。林继勇越骂越起劲。梅明亮感到自己的裤裆被自己顶了起来。

出了井，梅明亮就往姑娘那里跑。姑娘并不要大犬喝生姜红糖水。梅明亮站在她宿舍里，像个卖甘蔗的，无所事事。姑娘低头备课，批改作业。风吹动她的头发，她轻轻抚发，拢在耳边。梅明亮觉得可以倒茶给她喝，他就倒茶。姑娘批改完一摞，刚抬头，一杯茶放在眼前。梅明亮觉得可以削苹果给她吃。他飞快跑出学校，又飞快跑回来，买回几个苹果。第一次削苹果，削得支离破碎，削到第三次，削出的皮连成一条。梅明亮觉得可以给她炒土豆丝炒白菜，可以把她门上的油漆重新油一遍，把她房里的电线重新组一次。梅明亮可以做的事太多了。他便常常去，他总是去。

梅明亮给姑娘蒸完饭煎完鱼，回矿工宿舍去。姑娘饭没吃完，他又来了，步子走得气喘。他就要问她一句话，今天的鱼咸不咸?他可以明天来问她,然而,他等不及。如果他今天不来问她,他就过不了。

"花喜鹊"花想姣说,我的个妈天,他梅明亮也敢去找人家姑娘,他配?确实不配,梅明亮,一个矿工,地下挖石膏,整日的灰头土脸。美丽的姑娘,人类灵魂的工程师,整日坐办公室,风不吹雨不淋。"花喜鹊"拉郎配讲究地位对等,门户相当。可是,爱情这个东西,不好说,有时候她就是昏头转向,叫人找不到章法。

那天晚上,轮到梅明亮上夜班。姑娘说,我能不能跟着你下井?她好奇地下的世界,要跟着梅明亮一起坐罐笼车下到井底一探究竟。井下一茬老爷们儿见到这婴宁姑娘,慌了手脚。他们打着赤膊,穿着短裤,一身糙肉,担心污了婴宁的眼睛。他们拿眼瞪梅明亮,这小子,不提前通知,搞突袭。梅明亮有些自惭形秽,又有些志得意满。午夜两点多钟(其实在地下世界里,说午夜不午夜的,没什么实质上的区别),钻孔机炸药包锤子凿子暂歇,姑娘和梅明亮远离工作面,坐在一个已掏空回填的地段。姑娘靠着一边壁层,梅明亮靠着另一边壁层,他们没有说话。

无法说话——巨大的沉寂,黑暗。一二百米深的地底,人成了若有若无的东西。你呼出的气,你跳动的心脏,全部消失。你无依无靠。你孤独至极。你明明听到了你的心跳声，砰砰砰，那么样地不要命，可是你抓不住它。它消失了，沉寂与黑暗中，它消失殆尽，像一场虚空。你泪流满面，把手伸向虚空，你要捉到另一只手。另一只手上的体温，告诉了你——即便此时此刻，你在盘古开天地，你在混沌初始，你也在人间。

美得无邪的姑娘将她炽热的冰凉的手递给了梅明亮。

地上的？有两条小街，一条南北向，一条东西向。细细长长。两边是铺面，猪肉铺，早点铺，米油铺，酒坊。前面房做生意，后面房住人。铺与铺之间夹着摆地摊的，卖萝卜白菜的，卖蜂窝煤的，卖塑料拖鞋的，卖小孩子欢喜的小玩意。小溜溜球，球往地下一扔，手上一根绳子往上一带，球又跳到手上来了；小喇叭，一吹"啪啪"地响，声音格外地脆。街面中间铺着青石板，容得下两三人并着肩膀走。邱国安的酒坊子，刘富有的"好再来"餐馆都在这街上，还有刘忠培的台球桌，一条腿李拐子开的录像馆。我们井下挖膏，井上喝酒，打台球，看录像，看周润发的《纵横四野》《人在江湖》。

我们喝些没头没脑的酒，打些莫名其妙的架。说什么陈王昔时宴平乐，斗酒十千恣欢谑，我们要的是陈王时时宴平乐。青石膏，白石膏，要养活我们子子孙孙无穷尽。要知道，清宁石膏从发现、开采到应用，都在历史上画下过重要一笔的。问你一个问题，请问湖北省第一只股票在哪个行业产生？我这里有份资料：

> 1937年7月1日印刷的"清宁石膏股份有限公司股票"编号为膏字第007896号。股票背面写明公司设本店于汉口，设支店于清宁及武汉市硚口，公司营业种类为收售清宁石膏、石膏粉及一切石膏用品。公司股份总额定为八万股，每股十元。

民谣说"清宁有三宝，汤池石膏灵芝草"。有了这地献天宝清宁膏，矿上的人活得滋润。比如说上世纪八十年代，矿外的世界还不知道汽水是什么玩意，矿区已经有了自己的饮料厂，家家户户汽水当白水喝。矿区还有自己的医院，学校，食堂，电影院，澡堂，幼儿园。

这样的日子就应该天长地久天荒地老。

可是，一道数学题横在"铁匠"黄大安面前，无论怎么算，算不通。黄大安从井下采一吨石膏，销售出去二百八十块；采两吨，五百六十块，是吧？秦寿生矿长却说你多采一吨，矿上就多损失一两百块，你采得越多，矿上损失越大。黄大安怒目圆睁，表示不解。懒惰人喝西北风，勤劳者吃干饭，多劳多吃，少劳少吃，这个天大的道理不是道理了？

寿生矿长说，石膏积压在矿上，算上人力、财务成本，是不是损失？

黄大安说，石膏采出来就是卖的，凭什么不卖。

寿生矿长说，卖了没人要。

黄大安说，先前有人要，现在凭什么没人要。

寿生矿长说，凭市场经济。现在是市场经济，你懂不懂？

黄大安发愣。

寿生矿长摇头又摇头，你们啦，只晓得埋头挖石膏，不晓得抬头看天，看现在是什么形势。

国企改革、人员分流、下岗、工龄买断费，这些从未听说过的陌生东西叫一股巨大的浪潮裹挟而来。五矿不需要更多的人挖石膏了，得有人丢掉饭碗，另谋活路。

黄大安痛苦了好多天。他爸黄百元，矿上第一批解放后的矿工；他儿子黄俊杰，第三代矿工。齐齐整整一个矿工之家。按黄大安想法，他再下几年矿，人生就画上了圆圆满满一个句号。现在却可能只画个逗号。他老婆陈爱香还和五矿销售股年轻男人秦希望私奔了，奔到广州，投身市场浪潮的漩涡里。

那些日子，黄大安真的是活不下去了。

然而，咬咬牙，活下来了。地底下谋生活的人，从来都不怕咬牙。

改制，停产，再改制，停工，废弃。

现在，五分矿活成了一个遗迹，一个沉默。曾经爱过的人，怨过的人，抱头相拥的人，白眼相向的人，风流云散，各自西东。

我在地上世界里活着，有时得意，有时失意，有时花团锦簇，有时雪落大地。邱氏公司老总邱红兵说，格老子，就你们当作家的，事儿多，一会吃不得，一会睡不得。我懒得怼他，他忘了，他数鸡数羊数个十百千万都不能入睡，求我帮他找一家精神康复中心休假。在那里，他和精神分裂者掰手腕、打乒乓球，笑得哈哈响；笑完了，倒在床上睡得呼呼打鼾。现在睡不着觉的人远不止我一个，好多人的床上长满锈铁钉，扎得人睡不着。医生说，回去吧，回到你最初生活过的地方。或许医生是对的，我从我的过去而来，看清楚了我原来的样子，才可能好好地站定在现世里。

青石帮昔日的司令部202宿舍前，三只黑的乌鸦立在倾倒的门楣上，两只一呼一应，哇啦哇啦地叫。第三只，冷着眼睛，偏歪着头，盯我。

乌鸦的冷眼睛里，沉默的大地上，山川绵延，生死无尽，还有永远的枝繁叶茂。

目录

I   引子：关于五分矿和青石帮

1   第一章   诗人贺小果
30   补录一

35   第二章   军师贺建斌
58   补录二

62   第三章   活宝陈北山
82   补录三

88   第四章   三白眼和老六子
110   补录四

119   第五章   英雄梅艳方
148   补录五

152　第六章　"铁匠"黄大安
179　补录六

182　第七章　我们的兄弟憨憨
205　补录七
212　补录八

223　第八章　大师刘青松
256　补录九

262　尾声：良宵会

267　后记：被遗忘的人也是人

第一章　诗人贺小果

1

贺小果不属于青石帮。

青石帮很忙，忙着打架，喝酒。有时喝酒后打架，有时打架后喝酒，为了某一个姑娘。春天里，我们的架总是打得最多，至于到底是为了哪个姑娘，也不甚重要。1992年春天那场架，我倒是记得。

那一天，拳脚乱飞，人马乱叫。敌方那边两人挂彩，一个打破了头，一个打肿了眼睛。打，打不死，你是我的儿。破头的那个叫嚣乎东西，往青石帮这边冲。我们老大，也就是三采区割岩组组长邱红兵迎上前几拳几脚，直接把那个破头的撂翻在地。老大掏出烟，邱林子摁燃打火机，老大点上，叼着，一脚踩在破头人背上，格老子，你再敢来矿里撩柳红平，试一试？老大脚下使劲。邱林子趁机给他两脚，喝道，滚回翟家湾去。破头人趴在地上只哀嚎，他被自己的血吓住了。血顺着他的左面颊往下滴，青灰色的路面很快变成了暗红色。

青石帮正待收兵回营，一旁的家属楼里蹿出一个中年妇人，体形彪悍，她左手拽着一个人。两人拉拉扯扯，跌跌撞撞往战场中心来。今天你打场架给我看看，你踢呀，你踢，踢他一脚。妇人推搡着，指挥那人踢破头者。是一个年轻人，面容清瘦，眼神恍惚。他低头看自己的脚。你踢一脚都不敢？啊？你看看人家红兵、栋梁他们，哪个像你，哪个像你，你有哪一点像我叶桂花的儿子？妇人提起一脚，向那破头者狠狠一踹。邱红兵叼着烟，正藐视脚下败将，被妇人这么一表扬，不好意思地把脚收了回来。

红兵，你带着我儿子玩，喝醉了酒，打破了头，我不怪你。她头又一偏，一个食指猛地戳向儿子的额头，你，你这丢人现眼的东西。

贺小果，正是这个丢人现眼的东西。

就在前一个小时，季德君找到贺小果家。季德君是我们清宁石膏矿第五分矿子弟小学校长。季校长一脸的无可奈何，老贺，你这儿子，还真是个人物。贺小果的爸贺永和勾着腰，一颗大脑袋埋进裤裆里，半天不抬起来。

清宁矿区举行语文优质课大比赛，贺小果抽到了《春》这一课。

"盼望着，盼望着，东风来了，春天的脚步近了。"贺小果双眼微闭，一字一顿吟诵。他的头低下，比往日还要低。他一惯是要低头的。贺小果的脖子一梗一梗，泪水顺着他清瘦的脸一顺往下流。季校长轻轻地挪动了一下椅子，往前挪，往后挪，又往前挪，不晓得他是想看清楚贺小果的脸，还是要回避贺小果的脸，"……有着铁一般的胳膊和腰脚，领着我们上前去"。咬出最后一个"去"，贺小果的头往右上边一扬，盯住窗外。窗外光秃秃的，校园里仅有的三棵杨树还没有长出新枝。贺小果用手捂紧嘴巴，哽咽声从指缝里渗出来。而此时，教室里响起了笑声。笑声一点点忍着，像被一点点吹大的泡泡。噗的一下，泡泡破了，笑声轰地冲上屋顶。

一个大男人叫一个春天给弄哭了。

春天有什么好哭的。春天来了，花都开了，看上去就舒服，他却哭。丢人，太丢人了。这个男人的妈叶桂花气得喷血。建斌，他还是不是你哥呀，你自己玩，就不晓得把你哥带着玩？叶桂花的手指一转，戳向我们青石帮军师。贺建斌怔了怔，没料到这把火烧到他头上，羞愧得要找个地洞钻进去。这个哥让他丢尽了脸，他巴不得和贺小果没有任何关系。谁曾想叶桂花点名道姓将他的军，贺建斌只得说，晓得的，晓得。叶桂花说，建斌，你哥他成天写那些神神经经的东西，写疯了，写魔了。

这时，一矿到五矿的专线车开过来了，敌方五名败将丢下一句狠话"你们等着"，飞快跑上了车。邱红兵打了个响指,走,喝酒。贺建斌拉了拉他堂兄贺小果的胳膊,他不动。我去拉,他还是不动。我想拉贺小果一起喝酒,我视他为偶像。他和我们不一样。虽然贺建斌说他总是给贺小果送退稿信。那是编辑们没长好眼睛。我说贺老师……呸,我一开口,我就要骂我自己。青石帮最恨这样的文绉绉。果然,邱林子翻了我一个白眼,老师?老师个×。

我让你写,写,写这些狗屁,什么半夜三点醒来,你醒来去找鬼!叶桂花咆哮着,从口袋里拽出几张信纸,唰唰唰,撕碎了,照准贺小果的脸扔去。碎片飘飘扬扬飞起来,飞到我眼面前,落到地上。我瞅了瞅碎片上的楷体字,"我总是突然醒来"。

暮色四起,车站旁边高高的青石膏堆投下深重的阴影,一群燕子从电线杆上振翅飞向天空。我们听到一阵歌声,"你笑得甜蜜蜜,好像花儿开在春风里,开在春风里。在哪里,在哪里见过你?你的笑容这样熟悉,我一时想不起……"柳红平笑盈盈地从大门口走过来。春天来的时候,她总是没完没了地唱歌,唱得温温柔柔。听过的人总要呆呆地站一会,又是牵肠又是挂肚。柳振华脸色阴郁,走在姐姐柳红平后面。犯花痴病的疯姐姐让柳振华郁郁寡欢。青石帮和其他帮派干架,老大邱红兵轻易不叫上柳振华,除非那个人确实要好好收拾一顿。柳振华打起人来,凶，狠，往死里打，好像他拳头下的每一个人都是当年抛弃他姐姐的负心汉。

柳振华的眼神避开我们，头扭向一边，看那堆青石膏，我们赶紧向街上撤。目睹一个兄弟的惨状，绝对不道义。身后，柳红平没完没了地唱："你的笑容这样熟悉，我一时想不起。啊，在梦里。梦里梦里见……"

2

那天晚上，叶桂花赶到"好再来"餐馆，抢着替青石帮付酒钱。红兵啊，拜托你了，你看，我们家建斌说起来也是一个读书的人，你带着他玩，也得带上他哥小果玩啦，都是你五矿的兄弟，是不是？叶桂花说。

酒足饭饱后，贺建斌约我去五分矿子弟小学。学校座落在矿区东北角。顶楼上的阁层，孤零零地亮着灯。一般情况下，贺建斌不愿意去贺小果的阁楼。没有好消息带给贺小果，上去干嘛呢？今天老大邱红兵布置了任务，得去。贺建斌敲门，敲了三下，没有反应，等敲到第六下，门开了。

春天里，总是有一些悲哀的事情发生，你们不相信？春天是什么？春天是要让你大哭一场的。贺建斌、陈栋梁，你们看清楚了！贺小果说，他手上抓着一支钢笔，在房里走来走去。你们去清宁河看看，不去清宁河也行，随便找一条河。宝峰河，我告诉你们，我昨天在宝峰河河边看到了三十二条死鱼，三十二条啊，有的鼓着白肚皮，有的肚子瘪了，还有几条，只剩下空眼眶，眼珠子没了，浮在河面上，一个一个孤魂野鬼。贺建斌、陈栋梁，你们晓不晓得，春天不只是盛开鲜花和少女。贺小果长叹一口气，那气穿透了我。我说是不是河里面的病菌、寄生虫随着春天气温升高，繁殖快，水的质量不好？……陈栋梁，我在和你谈诗，不是谈自然界！贺小果掐断我的话。我当即就红了脸，扭头看他的书桌，上面摆着两摞信纸、一沓复印纸。贺小果继续在房里转，喃喃自语，悲哀这个词会不会过于伤感？要不要举重若轻，换一个词，惆怅？她永无停歇地惆怅？贺小果站定了，倚着房门，神色憔悴。

哥，过些天矿里举行"展我风采，爱我矿区"晚会，我帮你报一个名。

展我风采？你觉得那是展我贺小果的风采？

年轻人多嘛，一起玩，热闹。

热闹？你又在台上读我的诗？贺小果冷冷地瞧着贺建斌。贺建斌愧疚地扭过头，看着挂在墙上的铁锅，哥，你还没吃饭？

贺小果回到书桌前坐下，一张复印纸夹在两张信纸中间，誊写稿件。贺建斌拧开搁在墙角的电炉，烧水，水沸腾，下面条。我们轻手轻脚的，尽量不弄出一点声响。

贺建斌可以对着苍天白日起誓，我也可以替他作证，那一天他登台朗诵，真不是为了丢贺小果的脸。那是去年春节联欢晚会，我四叔陈北山的快板节目《歌唱矿区好风光》之后，身穿紫色礼服的报幕员程美丽报出下一个节目：下面请欣赏诗歌朗诵《我不在这里》，朗诵者，贺建斌。贺建斌从帷幕旁边走到了舞台中央。这个贺建斌，一张大饼脸，一双小眯眯眼，在青石帮里实在算不上一个好看青年。可是他一站在台上，风采就有了，气宇轩昂的。贺建斌向台下望去，堂兄贺小果坐在前面第三排，正不解地瞪着他，贺建斌冲他笑了笑。

《我不在这里》

作者：贺小果

风在这里

云在这里

你在这里

我不在

我不在风中

我不在云中

我不在这里

贺建斌凝望远方，轻轻地摇头，一副迷惘和深思的模样。有人在台下大叫，我在哪里呀，我在哪里？青石帮的"鸭公"邱林子向贺建斌喊话。顿时人群躁动，嬉笑声四起，有人向贺小果这边指指点点。邱林子的声音嘶哑粗重，开口就是鸭公声。一只公鸭又叫又闹的，确实夺人耳目。老大邱红兵拍了拍邱林子的肩膀，格老子，别操蛋。邱林子嬉笑着反推了邱红兵一下，又冲贺建斌挤眉弄眼，我在哪里呀，我在哪里？贺小果满脸通红，站起身要往外走，人群往他这边推搡着，他身子一晃，跌坐在椅子上。

除非
我是风我是云
我是说
我爱着的
不过是这流云
是穿过流云的风
还有风中莫名的细雨

哦，我爱着的，我爱着的。邱林子摇头晃脑叫着，双手比划出一个大大的心形捂在胸前。贺小果蓦地站起来，挤出人群。贺建斌眼见他三步并作两步往外冲。贺小果撞到了倒数第三排的椅子，又撞到了倒数第一排的椅子。然后，不见了。贺建斌站在台上，像个笑话。

晚会前三天，叶桂花找到贺建斌，建斌，你嗓子好，声音好听，要不你上台读一读，给你哥加个油？贺建斌看了标题，扫了一眼内容，心里没底。他最擅长朗诵的是《我的祖国》《我爱你中国》。贺建斌倒不是害怕毁了他朗诵家的名头。名头是矿长秦寿生赐予的。矿区的每台晚会上，秦矿长需要他这个男中音，浑厚低沉富有磁性，朗诵起爱国诗歌来，有腔有调。就凭这一点，秦矿长对贺建斌喝酒打架一事睁一只眼，闭一只眼。贺建斌也想给他堂兄贺小果加加油。你不知道，贺建斌每次分拣信件，一看到收件人是贺小果，就忍不住要掂一掂它的重量。这么重，又装着贺小果寄出的诗稿。贺建斌用一根脚趾头都能想出回信的内容：贺小果同志您好！来稿收到。经过编辑部认真研究，认为与本刊要求不大相符合。您的艺术感觉相当不错，相信通过努力，一定会写出更优秀的作品。

贺建斌不得不隔三岔五去一趟学校，给贺小果送去沉甸甸的退稿信。就为了这个缘故，他无脸面对贺小果，大概他是个不祥之物。有一天，我去贺建斌那里玩，随手翻看贺小果订购的《诗刊》。贺建斌说，陈栋梁，你不是也要当个作家吧，明天莫让老子总是给你送退稿信。他妈的，老子就不能变成楚天音乐台的一只吉祥鸟？贺建斌骂骂咧咧的，很不高兴。他满心希望做一只快乐吉祥鸟，从这个杂志社扑棱着翅膀飞出来，从那个杂志社扑棱着翅膀飞出来，嘴里衔着一张张用稿通知单。可惜，这希望总是渺茫。

贺小果将稿件默读了两遍，把稿纸对折一次，再对折一次，折成长条形。我瞅了一眼标题《我总是突然醒来》。趁着贺小果伏案写收件人地址的当口，贺建斌掏瘟神一样，掏出一封盖着合肥市邮戳的厚信件放在桌上。贺建斌说，今天下午刚到的。贺小果看了看《诗歌报》杂志社的统一信封，没说话。他把长条形的稿件装进信封，封口，工工整整地贴上两毛钱的邮票。贺建斌说我帮你带回邮局。仿佛这样就能弥补他的又一次不祥之举。

你在可怜我？

我没有。

你不知道我的习惯？

贺小果语气里有种说不出的高傲，贺建斌的火噌地就上来了，他说道，狗咬吕洞宾，陈栋梁，走。我们出了贺小果的门，走到楼梯口，身后传来贺小果苍凉的声音：春天，不只是盛开鲜花和少女。

月亮高高地挂在天空，月色洒满大地。学校后面的稻田里传来青蛙的阵阵呱呱声，夜虫也在鸣叫。小路上走过我们两人。偶尔，碰到一两个下班的工人，拖着疲乏的身子。稍后,等到夜更深一些,夜虫们睡去,猫也睡去。你不知道,矿工家属楼里有几家养了猫,每天夜里这些男猫女猫哭泣哀嚎,怨妇一般,嚎得人心惶惶。

要不要看?贺建斌问。

什么?

看诗。

诗?

我总是突然醒来。贺建斌说,他的小眯眯眼诡秘地眨着。

唔,唔。我支支吾吾,心里咯噔咯噔地猛跳。

我们趴在窗台上等着。时间悄悄地走。男猫不叫了,女猫不叫了,哀嚎声耗尽了它们的荷尔蒙。

他来了。步子很轻,像是腾空而起。他飞过来的吧,月光是他的翅膀。贺建斌说,贺小果从来不在白天里寄稿件。

贺小果如此轻盈。不,也许是恍惚。总之,是没有声息的那一种。他一贯低下的头这个时候高高地仰起,看夜空,星星在闪烁。星空下,刘富有的"好再来"餐馆,林爱国的钟表修矿工活动室陷入沉睡。贺小果高高地抬着他的头,像一个巡视疆域的高傲国王。

贺小果走近邮箱,从口袋里掏出一封信,双手夹住,举到胸前,低头静默了几秒钟,随后,信投进了箱口。不知为什么,我听到"咚"的一声,声音特别地大。

说良心话,贺建斌不是一个没有职业操守的人。他从业三年有余,我们青石帮还没有听说他私自拆过他人的信件。他向我赌咒,陈栋梁,要不是为了你,我不会这样做啊。你要作证,我只开了这一次邮箱,我是为了你。那就算是为了我吧。我说。我为什么要看《我总是突然醒来》,我也不知道。

贺建斌快速跑下楼,快速开邮箱,翻出那封信。"成都市红星路二段85号,《星星》诗歌编辑部收"。贺建斌用剪刀小心翼翼地拨开信封封口。

《我总是突然醒来》
作者:贺小果
在春天
午夜要三点钟了
月影必是倾斜
低垂到屋檐下的一根藤蔓
人在天边走

月影垂下来
午夜要三点钟了
我总是突然醒来

月亮

早已门扉腐朽

亲爱的少女

愿你日日夜深

正好安睡

今夜

一条鱼

死在春天的河畔

3

女人右手握住麦克风，左手时不时地抚一下她的头发。一头卷发蓬得像只大鸟窝。她翘起尖尖的下巴颏，唱起男声部：一对对那个鸳鸯水上漂，人家那个都说咱们俩个好，你要是有那心思咱就慢慢交，你没有那心思就呀么就拉倒。

女人的胯部微微向左边向右边，晃过来，晃过去，波浪一样。耳朵两边的骷髅状耳吊也晃过来，晃过去。她的嗓子又轻柔些，唱起女声部：你说那个拉倒就拉倒，世上那个好人有多少。谁要是有良心咱就一辈辈好，谁没有那良心就叫鸦雀雀掏。

"鸭公"邱林子踩到凳子上，他举起双臂，在空中交叉挥舞，合着节拍叫"鸳鸯鸳鸯"。女人扭着碎步，一扭二扭，扭到邱林子面前，抛了个媚眼。邱林子赶紧从凳子上跳下来，女人把话筒放到他嘴边。邱林子窘得缩回脖子，连连摆手。女人拉长了尾声：山呐在水在人常在，一对对鸳鸯呀水上漂……漂……漂……飘在房梁上回环盘旋。霎时间，尖叫声，喝彩声要掀翻屋顶。女人的妖娆身姿与质朴的陕北民歌织成了一张奇绝的网。老大邱红兵连连叹道，格老子，格老子。

另外两位诗人同志一左一右趴在贺小果肩上，又是笑，又是叫。贺小果也笑。贺建斌第一次发现他的堂哥贺小果也是会笑的。笑起来，眼睛发亮。

今天一大清早，贺小果拎着一个袋子来找贺建斌。显然不是信件，长篇小说也不会那么长，鼓囊囊的一大包。卖给你，我只穿了三个小时。贺小果说。袋子里装着一套灰色西服，袖口上的标签还没有撕。贺建斌见过这套西服，上个月，"第一红娘"花想姣带回一个姑娘到他婶子家去相亲，贺小果就是这身行头。贺小果日常穿一件夹克一条牛仔裤。叶桂花说，这像什么样子，人民教师这个样子穿？西服，穿西服。叶桂花押着贺小果去清宁市里的服装店，花了贺小果近半个月的工资。要是叶桂花知道贺建斌胆敢买下贺小果的相亲行头，那得骂死他。贺建斌说，你穿着好看,莫卖莫卖。贺小果说,我只穿了三个小时。他按住袋子,往贺建斌这边推。半价,他说。他执意要卖。这么划算的事,不能便宜了别人,贺建斌用 Call 机 Call 来老大邱红兵。邱红兵爽快地掏出了六张五元,六张十元。贺小果揣着钱到菜场买肉,买鱼,买鸡蛋,买豆腐,买沱牌酒,还买了一块白底蓝花的棉布,拿钉子钉在窗户上面,相当于一副窗帘。

排骨汤炖得满室飘肉香。贺小果从教室里搬了一张课桌,与原有的一张拼成一个饭桌。一个人坐床边,一个人坐木靠椅,还差两个人的位置。贺小果又去教室搬来两张椅子。一切准备妥帖,他的客人却坐到了青石帮的酒桌上。

这三个人太打眼了,他们从电平车上一下来,就晃得青石帮几员大将眼睛发花。那个子高挑的女人一件黄色底金色缀花的紧身裙,耳边挂着一对大大的骷髅状耳吊,涂着幽黑幽黑的指甲(也许是深紫色,也许是红紫色,反正不是青石帮见过的红指甲,矿上的姑娘们,司磅工梅艳方、裁缝西施胡小兰都没有这颜色。矿上最好看的姑娘程美丽也没有)。两个男人中,一个穿了件红通通的大西服,衬着里面的白绒衣;另一个一身黄军装,扎了条辫子,拖在脑后。是下午五六点钟的时候,青石帮往"好再来"餐馆去。"展我风采,爱我五矿"晚会今天晚上举行。邱林子提议喝点酒，酝酿酝酿情绪。经过车站时，兄弟们正在夸邱红兵穿上西服帅，帅得超过了"小马哥"周润发，他们从电平车上下来了。

穿黄军装的向我们招手，兄弟，打听一个人，贺小果是不是这里，他教书的学校在哪里？贺小果？你们，哪个？邱红兵反问，他眼神如锥，凛冽不可侵犯。尽管贺小果不属于青石帮成员，但作为一方帮主，邱红兵有义务有责任维护一地青年的安危。他嘛，王司令，我呀，我王格格，贺小果的笔友。高挑女人操着一口陕北腔，粲然一笑，眉眼里尽是风情。

等贺小果关掉炉火，气喘吁吁跑到"好再来"，他的三个笔友已经和青石帮称兄道弟，酒来酒去了。三个人个个了得，好酒量。邱红兵指着贺小果的鼻子笑骂，格老子，不喝酒是个×诗人，你看人家这个格格兄弟。邱红兵举杯和鸟窝卷发女人碰了个满杯。

当晚的才艺大会，在格格兄弟及另两位兄弟诗人的助演下，我们青石帮大出风头。

第二天，应格格兄弟要求，老大邱红兵带他们下井。"轰隆隆……"随着绞车轰鸣，罐笼车从坑口滑向两百米深的地下。矿工们光着膀子正汗流浃背地挥动铁镐，一抬头，来了这样三个西洋人物，他们怔住了，随后，嘿嘿地笑。红西服诗人拣起一小块石膏，好奇地数着上面白一块青一块的分层线。机器轰鸣声，铁镐撞击石面声，巷道里洋溢着一股雄性的力量。格格兄弟抑制不住内心的激动，她甩掉了高跟鞋，站到一块大青膏上面，"山呐在水在人常在，一对对鸳鸯呀水上漂……"这次，王格格没有晃胯，也没有抚大卷发。唱着，唱着，她的眼眶湿润了。

王格格，黄军装，红西服三人同我们又喝了一场大酒，然后坐上电平车离开了。

他们仨一个江西省，一个安徽省，一个陕西省，咋就一起汇到咱矿区来了呢？邱红兵叼着烟靠在被子上。

信啦。贺建斌说。

啥信？邱林子问。

笔友之间通信，来来回回几封信，不就熟悉了？贺建斌解释说，贺小果寄出的信件一部分是稿件，另一部分是交友信件。有一次，贺建斌翻看贺小果订阅的《诗歌报》，在"诗路征友"栏中就看到一介诗人啼血呼号："煮字疗伤，不舍昼夜，诚交天下以诗为生命者，指导人生，芳草萋萋，天涯比临。"

一封信带来一个外地人？邱红兵吐出一口烟圈。

一封信带来一个外地人，这有什么值得怀疑的，但是看邱红兵那神情，他要的似乎不是这个答案。青石帮兄弟们面面相觑。

邱林子猛地一拍大腿，火车，火车。

是啊，火车。他们坐着火车，从江西来，从安徽来，从陕西来。他们想从哪个地方来，就从哪个地方来。他们坐着火车，想去哪个地方，就去哪个地方，去新疆，去西藏，去天边……火车带着他们在无穷无尽的世界里穿行。

贺建斌，邱红兵，邱林子，青石帮的兄弟没有人坐过火车。我们一出生就在矿区，去得最远的地方也只是坐轨道电平车去清宁城。轨道电平车这玩意，只有一节敞口的大车箱。几十个人你挨我的肩，我撞你的胳膊，挤挤挨挨的，风来风吹，雨来雨打。青石帮去清宁城要么骑自行车，要么步行。我们不屑于坐电平车，咸鱼一样腌成一堆，没看相。

帮里的老六子坐过火车，但那是上十年前的事了。当时老六子刘雄文八岁，他爸刘先道带着一家四口从贵州赤水县倒插门到邱红兵家。火车呀，火车快，火车两边的树长了飞毛腿，嗖嗖嗖地往后面闪。老六子说。

格老子，谁不知道火车快，废话，滚滚滚，都滚。邱红兵扯了一把胸前的西服领口，挥手让我们滚。他懒洋洋的，还有些泄气。

今天的聚会散得这么早，没有架打，没有酒喝，又去做无止无休的高考模拟题？我回家反锁房门，把自己扔到床上，看了一会天花板。天花板生着霉，斑斑驳驳的霉，一幅没有头绪的画。我起身去邱林子家。还没进他家门，就听到他房间里传来《珍珠传奇》主题曲"天姿蒙珍宠，明眸转珠辉，兰心蕙质出名门，吴兴才女沈珍珠……"你觉得这有意思呀，啊？我不耐烦地去拧电视频道。邱林子狡辩道，我在看大唐江山。我说，你恨不得把头扑进人家沈珍珠怀里。邱林子嘿嘿地直笑，真像个老鸭公。

邱林子这人，一个大老爷们，一个色鬼，不喝酒不打架的时候，就喜欢窝在床上看《珍珠传奇》《新白娘子传奇》这类婆婆妈妈的玩意。我承认，女主角沈珍珠长得好看，可与他邱林子，与我陈栋梁有何干系。我拧到新闻频道。主持人方方正正的脸，方方正正的腔调：援助西藏发展基金会今天在北京正式成立；水利部部长就三峡问题答中外记者问；上海加快吸引外资步伐；俄罗斯联邦政府发生重大人事变动。

哦，这辽阔的世界与我有何干系？我感到一点点的不安。是的，一点点，一点点的不安，或者说沮丧。"辽阔"这么样一个大词，五分矿装不下。五分矿没有坐在火车上的人。

王格格黄军装他们在火车上跑来跑去，会发生点什么吧。一个诗人在月光下走来走去，也会发生点什么？诗人不会终其一生老死在矿上，诗人变幻莫测。一个人变成另一个人，一只蛹变成一只蝴蝶。月光下，贺小果是贺小果，贺小果又不是贺小果。

我渴望看到月光下的贺小果,还有唱邓丽君的柳红平。

那天偷看了《我总是突然醒来》后,我心里很重。三十二条鱼搁在我心上。我穿过邮政所的小巷子,沿小路向宝峰河走去。隐隐地,看到前面不远处一个身影,那高个,那抬起的头,他有着一副全然不同于白天的身子。这身子松弛,自在。我听到他的骨节咔嚓咔嚓地伸展。贺小果走到河边,坐在一块石头上吹口琴。

一开始是七个音阶,Do、re、mi、fa、sol、la、si。Do、re、mi、fa、sol、la、si。一遍过去,又一遍过去,他在寻找音高,寻找一个主题音。琴声流淌,轻快,明亮,仿佛一只小船顺流而下,偶尔在岸边垂下的树枝前停留片刻,接着继续轻快地前行,直到在一个广阔的水面上徜徉,船尾溅起的涟漪一层一层向河岸荡漾开去。一条活着的鱼没有睡觉,泼剌一声划破了琴声。

不远处传来柳红平那温柔得要命的歌声。"你的笑容这样熟悉,我一时想不起。啊,在梦里。梦里梦里见……"只见她从另外一边小路上走来,两手摆弄着她的长辫子。她走到贺小果身边,歪着头看他,痴痴地笑,唱歌。她又走远了,轻轻盈盈的,像一个幽灵。

后来,有几个晚上,春夜的风轻轻地吹,树叶飒飒地响。我去宝峰河边,某些夜里,看到贺小果;某些夜里,看到柳红平；某些夜里，同时看到贺小果和柳红平。贺小果吹口琴，柳红平唱邓丽君。月亮没有说话，静静地挂在苍穹，看着他们。

4

清宁师范毕业生贺小果斯斯文文，手脸一天到晚白白净净的，不像我们，从井底吊上来时一个个非洲人似的。照说叶桂花要为此感到骄傲，她却总感到差了那么一口气。矿区毕竟是个吃力气饭的地方，下井打洞，挖膏，要的是粗胳膊粗腿。虽然说贺小果不用去下井，但他长得结实魁梧一些，走在街上，也长叶桂花的志气。这叫能文能武，文武双全。文能教书，武能挖膏。她儿子却是瘦胳膊瘦腿，武不能挖膏，文又神神叨叨。什么一条鱼死在春天的河畔，这是什么废话？吃多了撑的。

在整个五分矿，叶桂花是个数一数二的厉害角色。她提一把杀猪刀追着矿长秦寿生跑，从菜场追到电影院门口，从电影院门口追到工人俱乐部门口，从工人俱乐部门口追到篮球场。前面跑的，后面追的，都不做声，梗着一股劲直往前奔，只听得一前一后呼呼地喘气。秦寿生躲叶桂花躲了三天。第四天早上，秦寿生在王武早点摊子上吃完一碗面条，又嚼一根油条。他抹油嘴巴，一扭头，看到叶桂花。叶桂花瞪着眼，径直向他快走。秦寿生推开面碗，抓起油条拔腿就跑，跑了二三十米，再回头，叶桂花手上提着一把杀猪刀，一尺多长，亮晃晃的。不用说，肯定是从屠户贺安良肉案摊子上顺手操起来的。秦寿生惊出一身冷汗，丢掉半根油条飞跑。后追者叶桂花跑得非常之快，跑成一阵风。风里，杀猪刀寒光闪烁。围观群众简直不敢相信他们的眼睛，一个身高不足一米六、体重一百三四十斤的妇人能跑出这个阵势。他们捏紧了拳头，顿足捶胸，不晓得是在给哪一方鼓劲。秦寿生沿着篮球场跑了五个圈圈，眼见甩不掉，他一大步，踏上球场旁边的高台阶，拐弯向派出所跑。叶桂花怒火冲天，飞步上前，不料一脚跌在台阶与篮球场边之间的空沟里。杀猪刀甩出四五尺远，哐当一响，磕在水泥地上，寒光四溅。叶桂花右手撑地，半跪在地上，头扭向派出所的方向，你……你不把……不把我家老……老贺的工资加上去，老娘……剁……剁了……

叶桂花这只老母鸡护着贺家两个男人。柿子拣软的捏，可不能捏到她头上。她走上街，人们是要怕她三分的。然而，不幸的是，儿子贺小果构成她的短板。女人写诗，必定丑女多怪。男人写诗，必定阳气不足，能不能娶上老婆，生个一男半女都是一个大问号。外地诗友来访，曾经燃起叶桂花的希望。要是来一个女诗友，两人情投意合，结为夫妇。女诗人再生一孩子，把尿把屎一年半载，自然就灭了文心。对，对，叶桂花说的正是文心。文学的心么？不知道。大概是吧。女诗友来过了，贺小果仍一个人单着。

叶桂花给侄子贺建斌下令：让你哥开个窍，恋个爱，耍个女朋友，莫让那些诗呀鬼的，耽误了你哥。贺建斌给老大邱红兵买了一盒白沙烟。今晚的青石帮会议定在学校五楼阁楼召开。

凳子不够，凳子不够，贺小果连连说道，他半掩着门，做出谢绝的姿势。

坐个狗屁凳子。邱红兵大手一推，门开了。兄弟们窝在床上，靠着书桌，靠着墙，小小阁楼装下青石帮八员大将。邱红兵没坐，他歪着头饶有兴致地看贴在墙上的英语句子。

I 爱，我？邱红兵问我。

嗯，我。

k，n，o，w，什么意思？

知道。

我，知道。后面的呢？A，l，o，n，e。

我双手一摊，说我不知道。

贺小果，我知道什么？

贺小果笑了笑，不答。

梁子，你这都不懂？老大瞪我。

我……我……我不知道。我结结巴巴。

不懂，不懂，天书。邱红兵摇摇头，在房里走了几步，突然猛地一拍桌子，格老子，好姑娘！明天去补裤子。邱红兵拿起书桌上的剪刀，只听咔嚓两声，他把自己裤子左膝盖处剪出了两道口子。贺小果不明就里，紧张地看着他。

诗人莫怕，听我细细讲来。邱红兵一屁股坐在贺小果的枕头上，讲起他与裁缝西施胡小兰姑娘的故事。胡小兰说起话来，轻言细语，泉水叮当响。邱红兵剪破了自己的裤子，就要去缝补。一去缝补，就能遇上胡小兰。邱红兵说他妈的，老子一听到胡小兰说话，腿就酥了。

你有没有衣服要补？来来来。邱红兵说着抓起贺小果的衣角，一剪刀要剪下去。贺小果转身一退，躲过了剪刀。

你，搞定张三斤没有？邱红兵问邱林子。邱林子靠在墙上，左腿抖得正欢。听见老大问话，连忙收住腿。

格老子，不就是酒的事，多请老子们喝几场酒，帮你搞定他。邱红兵说。

邱林子喜欢矿工老张的姑娘张小倩。老张酒量大，一两斤酒喝下去，脸不红，舌头不打结，人称"张三斤"。邱林子正在努力练习酒量，用来接近老张。

我搞不明白，你这个诗人咋就不喝酒哩。贺小果，喝了酒，胆子大，看到姑娘不害怕，不就写出了爱情诗？你成天愁着个眉头，爱情看到你，吓都吓跑了。邱红兵一本正经地讲，贺小果微笑，不加辩解。拿酒来。邱红兵一声喝令。邱林子赶紧从塑料袋里取出两瓶二锅头，一袋油炸花生米，一袋油炸豌豆。贺建斌把贺小果房里仅有的四个饭碗和一个漱口杯搜罗出来。

给个面子，邱红兵说，他把半碗酒递给贺小果。贺小果接过去，放在桌上。

哥。贺建斌气恼地喊了一声，又把酒端过去。贺小果不接酒，贺建斌只得悻悻地收回酒碗。

格老子，没意思。邱红兵端起半碗酒，一仰头，喝了。

那天晚上，青石帮把醉醺醺的邱林子扛回宿舍。贺小果房间里一片狼藉，烟头，豌豆壳，酒气尸横遍野。几颗花生米落在一本《世界抒情诗选》封面上，就像几粒油腻腻的子弹。

5

时间过到了1993年。

还是春天。

青石帮为了某个姑娘，为了某件莫名事情，喝得醉醺醺，打得头破血流仍是家常便饭。

话说贺建斌用一包白沙烟贿赂老大，在贺小果的五楼阁楼里胡闹了那一番之后，贺小果尽给他白眼看，甚至看都不看他，就那么低垂着头，若有所思地望着墙角，桌子脚，凳子脚，随便一个什么脚。贺建斌连一个凳子脚都不如，他去自找没趣干嘛呢。那些不祥信件，贺建斌让季博文帮忙送去。季博文又叫"憨憨"，青石帮里脑袋有问题的傻儿，你叫他往左走，他绝不往右走。

惊蛰这一夜，贺建斌揣着一封信上了贺小果的五楼。信封很轻，一个他熟悉的地址，成都市红星路二段85号。贺小果的手哆嗦了一下，他捏紧信封。贺建斌说，拆呀。贺小果用力吞咽着口水，把信封翻过来掉过去看了两遍。贺建斌心里七上八下的，就像一面鼓被谁在瞎敲瞎敲。菩萨保佑，这次他是一只真正的吉祥鸟。信封拆开了，贺小果发出一声含糊的呻吟，随后，呻吟声变成了另外一种声音，笑声。嘶哑，短促。一张薄薄的用稿通知单在贺小果手里抖个不停。

破鼓安静了，不再瞎敲。贺建斌心里只觉得敞亮，要喝一场大酒才好。贺小果看着那张薄单子还在发痴，贺建斌已经冲下五楼，去寻老大喝酒，为吉祥鸟庆功，顺带着为邱林子庆功。据邱林子自我表述，白天他和张小倩在小街上肩并肩地走，叫张小倩的爸给撞见了。邱林子急赤白脸地，赶上前去递烟。张三斤接过烟，点点头，走开了。看样子，拿下张小倩的爸张三斤指日可待。

我们一个个喝得人仰马翻。不晓得月亮什么时候明，什么时候暗。第二天早上，就听到人们在骂娘。

缺德呀，哪个黑良心的？

他妈的×，不是人做的事。

把那个王八蛋抓住，一枪崩了他。

我晓得哪个？我长了夜眼睛？我又不是公安局的。

据第一个发现红平姑娘的人描绘：两条辫子散了一个，披散在肩上。右边的没散，插着五朵金黄的迎春花。衣服扣子全解开了，袒露着白胸脯，光着两条大腿。大腿两侧沾满了血渍污渍。柳红平坐在一大堆膏渣边，手里摇着迎春花，痴痴地傻笑。

惊蛰夜，弱智姑娘柳红平被人害了。

邱红兵、老六子、邱林子、贺建斌、刘耗子、黄俊杰、我、憨憨，五矿的一众青年挨个在两顶大盖帽面前交代惊蛰夜行踪，口述、书面材料，确凿的不在场证明洗白了我们。邱红兵给郑安民所长建了个议，调查范围得扩大到五分矿之外，比如说矿区附近的翟家湾王家湾。对对对，郑所长，您还要调查到矿区之外。"鸭公"邱林子马上说道。他回忆起1992年春天，也就是叶桂花请我们喝酒的那场打架。郑所长，您不晓得，去年翟家湾几个家伙到矿上来撩柳红平，让她脱了毛衣，还要脱裤子。真不是个东西！不是我们把他们打跑了，那几个家伙还要在矿上胡作非为耍流氓。邱林子的唾沫子溅到了郑所长警服上，郑所长板着脸盯了他两眼。

网撒到了翟家湾王家湾，网继续撒大。矿区十八岁到六十岁的男人全都网在里面。派出所里，男人们进去一个，出来一个。柳红平的妈头发蓬乱，眼泪鼻涕一大把，她坐在郑所长办公室里，捶一下桌子，哭号一声：天杀的，天杀的！柳红平的哥哥，我们帮里最具危险气质的柳振华眼睛里喷射着阴郁的怒火，嚎丧！嚎！丢人还丢得不够啊，回去，回去！

只有一个人给不出不在场的证明。

我？我随便走走。

不睡觉，随便走走？

随便走走。

走一晚上？

我是这样的。

你哪个时间点遇到柳红平？

我没有遇到。

迎春花是你摘给她的，还是她自己摘的？

我没有遇到柳红平。

谁能证明3月5日夜里你没有遇到柳红平？

贺小果顿了顿，说，没有谁。

没有谁？我们要人证，你交出个人来。

月亮。

谁？月亮？

月亮。

给我老实点。谁？

月亮，月亮看到我在路上走。

一辆警车带走了贺小果。

小果你叫冤啦，叫冤！月亮月亮，你不是看到我家小果一个人走路嘛，你瞎了天眼？你瞎了天眼。叶桂花伤心得昏了头，直叫月亮站出来说话。

我儿子，我儿子是个诗人啦，你们把罪名安在他头上，把大粪泼在他身上。叶桂花向季校长伸冤，向秦寿生伸冤。大伙儿只是讪讪地笑。他们不能叫月亮开口说话，他们便不能给出他们的证明。从此，叶桂花雷霆般的嗓子很少开言了，终日冷着一张脸，随时都要提刀杀人。

我心里压着一千斤重的大石膏。我去找郑所长，我说贺小果确实喜欢夜里一个人四处游荡，特别是有月亮的晚上。郑所长眼睛一瞪，鼻子喷出一口冷气，问，3月5日夜里，你陈栋梁脚跟脚手跟手，跟踪了月亮一整夜？我看着郑所长发愣，跟踪月亮？郑所长轻蔑一笑，问，月亮几点钟打了一个盹，月亮几点钟醒？我回答不出来。郑所长说，你知道贺小果喜欢夜里游荡，那你为什么不说出贺小果旁边还有个柳红平？这不是事实？郑所长咄咄逼人。我什么话也不能说了，我无法描述，月光下，那样的琴声和歌声，那样两个幽灵一样的人。

大伙说贺小果在监狱里还在写诗。那天，他妈叶桂花去监狱里看他，他说，半夜一点，月亮挂在西边的天空；三点钟，月亮挂在天空的东边。叶桂花哭出了声，果儿啊，你不要再魔里魔气了啊。贺小果站在探视窗口那边，一脸的慈悲。

贺小果的冤案澄清，是六年后的事情。那时，我已坐上火车，离开了五矿。我走在贺小果曾经走过的路上，去寻找更多的春天，还有春天里死去的鲜花和少女。

这是后话。

【补录一】

2014年3月9日，清宁市六里棚邮局第三个服务窗口，一个人枯坐着，一坐半天无动弹，整个一稻草人。稻草人贺建斌等着寄信人把一封一封的信交给他，他工工整整盖上邮戳。一封一封的信去向各自的命运。可是，你知道的，现如今，贺建斌的手大不如从前，从前的手很忙碌。处理贺小果的投稿信退稿信，还有他山东山西的交友信就足够贺建斌忙碌了。包括他自己以"欧阳明强"署名写给余莉芳的信。何况，矿上的人再无亲无友，也不是从石头缝里蹦出来的。种种矿讯，譬如青石帮老大邱红兵喜欢上了他兄弟老六子的女朋友，我四叔陈北山出门闯世界闯掉了一只胳膊，五分矿宣布改制，秦寿生的远房侄子秦希望拐走大他十七岁的陈爱香，何云凤出门打工，何云凤死了，刘青松疯了……矿上的人不全是哑巴，信会说出他们的话。

贺建斌的手空着，空空的。信件收发的业务量少得可怜。贺建斌的儿子贺博文说，老爸，现在什么年代了，谁要去寄信啊？慢死了！

贺建斌说，你栋梁叔叔就寄信。

嗤，人家是可怜你老朋友，怕你失业。贺博文一脸耻笑，手指忙着在手机上厮杀。贺建斌想给儿子讲讲父母爱情，讲当年他和余莉芳的故事。一个在矿上邮电所，一个在职工医院，距离不过三百米，偏是要信来信往。他还想讲讲他的年轻时代许仙转世，和一个叫白素珍的女生笔友往来。他们写信，一个字一个字写下去，每写一个字都会细细地回味，细细地揣摩。一个字一个眼泪，一个字一个欢笑，一个字一个思念。一封信写得慢，等信的日子慢。不像现在，太快了。

现在贺建斌只听说过"网友"。网友们在线上约着打"王者荣耀"。

无数子弹穿过敌人的头颅，血溅在地上，溅在树上。看着儿子又是忙碌又是灵活的手指头，贺建斌一时间有些恍惚，他该如何界定他的儿子，孤独的儿子？自在的儿子？儿子打起游戏来，不吃饭，不睡觉，眼睛发光，身体绷紧，像个满身盔甲的斗士。他也孤独，也疯狂一样活着？贺建斌想起了二十年前，贺小果阁楼墙上的那句英文 I know, I'm alone, I'm living like crazy.——我知道，我孤独，我像疯狂一样活着。

这天，我和几个朋友在馆子喝酒，相熟的老板娘过来打招呼敬酒。酒喝三杯，老板娘细细的眉毛皱成一团，你们说，这孩子咋就不识时务，高考倒计时八十三天了，还诗啊诗的，诗能当大学上，能当饭吃，当面包吃？老板娘气哼哼折身去里屋，抱出一大摞《诗刊》《星星》《诗世界》《诗探索》。我在《诗天地》上翻到了《甜蜜蜜》。

《甜蜜蜜》

作者：一笑

月亮照着北边

月亮照着南边

月亮照着西边

月亮照着西边

月亮照着一个女人

女人唱着甜蜜蜜

甜蜜蜜的月亮

甜蜜蜜的你

甜蜜蜜的女人

在月亮里

寻你

我给贺建斌写了信，我问建斌，这个"一笑"会不会是贺小果？

1997年春天，贺小果出狱，再也没有回过五矿。王武说他去了新疆，邱林子说他去了深圳，季校长说他就呆在武汉，叶桂花说她不知道。她脸色发青，眼神发冷。这只老母鸡坚韧的翅膀下，已无仔可护。

贺小果给你来过信吗？林继勇问。那时，我们的前老大邱红兵离开矿区去了广州。林继勇是我们的后任老大。

没有，没有来信。贺建斌怅然地摇头。

我想，无论如何，贺小果是去坐火车了。火车之上，一轮皓月高高悬挂。

1999年,翟家湾发生了一起杀人案件。先强奸,后杀人灭口。一个绰号叫"红卷毛"的翟家湾人叫公安人员给捉拿归了案。审了几个日夜,审出"红卷毛"罪大恶极,遭他毒手的不只是这个案件中的女人,还有六个女人,包括我们矿上的柳红平。这个女人拼命挣扎中扯掉了"红卷毛"蒙在脸上的黑面罩,女人还要报案。"红卷毛"起了杀心。1993年的惊蛰夜,柳红平解衣解扣,只是痴痴地傻笑。辫子上的迎春花笑落了,她都不知道。

第二章　军师贺建斌

1

由五矿车站通向狭长的街道是条上坡路。升到最高处，到了街道入口，向左拐，拐进一条小巷子，就可以看到一座高房子。房子只一层，但地基垒得高，要进得屋门去，须走七八级台阶。这房子不仅高，还绿。东面墙上满是爬山虎，绿生生的，风起时，簌簌地响。

青石帮把这房子叫碉堡，碉堡里住着帮中军师贺建斌。矿上诗人——贺建斌的堂兄贺小果收到的那些可恨退稿信，全部出自这个碉堡邮政所。

邮政所非得建得这么高这么绿，像一只绿鹤立在众鸡之上不可？我每次到这里来找贺建斌，都觉得它是如此的突兀。细想想，也是，它就该这么独领风骚。矿内矿外信息交换，全仰仗它。大伙抬头望一眼绿墙，心里有了依靠。

建斌侄，老子可以三个月不见矿长，可不能三天不见你。刘富有说着给贺建斌递烟。刘富有属于我们五矿的富人之一，"好再来"餐馆让他挣了不多银子，目前又多了一棵摇钱树。他叔伯二爷1949年去了台湾，多少年的无有音讯，现在联系上了。二爷思乡思故土，殷殷切切给刘富有来信来汇款单。侄，再来单子你只给我啊，我签收，其他人不给。刘富有掏出打火机要替贺建斌点烟，贺建斌连忙挡住了，说叔莫客气，我上次送单子，刚好碰到婶子在家，我想收回来，来不及了。刘富有说侄，以后不麻烦你送，我隔几天来你所里看一下。贺建斌说，好，我不让婶子晓得。刘富有呵呵地笑，来叔馆里喝酒啊，叔请客。

　　刘富有心满意足下台阶，走下最后一阶，回过头来招手，建斌侄，一定来喝酒。贺建斌说辣椒炒肉，肉多辣椒少。刘富有说满盘子的肉，一丝辣椒都不放。贺建斌心里冷笑，呵，那好比吃你身上的肉，你舍得？刘富有是个奸商，他的"好再来"辣椒炒肉只见辣椒，排骨炖藕汤只见藕。要不是他馆里有两个年轻姑娘端菜端饭搞服务，我们青石帮才不会三天两头聚在他馆里喝酒。

　　送走刘富有，贺建斌去开邮箱，分拣，盖邮戳，不到半小时就搞完了。厚厚薄薄的信一共十多封。有几封信贺建斌在手里掂一掂，就能猜到内容，比如说老大邱红兵的后爸刘先道，他寄给贵州赤水县一个叫刘先理的人，信很薄，摸上去最多两张信纸。他从那个地址收到的回信也薄。兄弟俩？报告彼此家情，老人咋的，孩子咋的。贺建斌有天问道刘先理是何人，刘先道说我的双胞胎哥哥。又比如贺小果寄出的信，收件地址为杂志社的，是他的诗歌；收件地址为某省某县甚至某村湾的，是他交的笔友。再比如手上这封，收件人欧阳明强，一个星期一封，还厚，起码有七八张信纸。寄信地址后面，落款"芳缄"，字迹纤细清秀，像朵小小的栀子花安静地开在角落里。和"芳缄"呼应的是三个黑色钢笔字"明强缄"，草莽般署在寄信人最末一栏。

清宁石膏矿五分矿和武汉同济医院上空，"芳缄""明强缄"如两只青鸟，展开双翅飞来飞去，有着无限的情义。谁会将一封绝交信仇恨信写得绵绵不断殷切往来呢？贺建斌有过这样的青鸟。

> 许仙，今天下了晚自习，我们几个人把桌椅搬到教室外面做作业。也有其他班的同学在外面背书。月亮非常非常明亮，根本就不用点煤油灯。书上的字看得清清楚楚。月亮挂在树上，像一个巨大的水晶球。说起来也奇怪，我们在月亮底下学习，人好像变聪明了。有道几何题我用两个公式就推演出来了。背书的同学也说她十分钟就把《荷塘月色》给背下来了。许仙，你们也在月光下做作业吗？我们山区的月亮肯定

比你们那里要明亮。对了，我们云南有很多写月亮的民歌，最有名的是《小河淌水》，我把歌词抄给你：月亮出来亮汪汪，亮汪汪，想起我的阿哥在深山。哥像月亮天上走，天上走。哥啊哥啊哥啊。山下小河淌水，清悠悠。月亮出来照半坡，照半坡。望见月亮想起我阿哥。一阵清风吹上坡，吹上坡。哥啊哥啊哥啊，你可听见阿妹叫阿哥。许仙，你们湖北有民歌吗？下次来信，请你告诉我。祝你学习进步天天开心天天神仙。等待你来信！白素珍，10月18号晚上十点。

《课堂内外》的征友信息上，贺建斌看到了白素珍。"白素珍，云南省昭通市鲁甸县一中高二（三）班，爱梦想，爱自由，爱唱歌。"贺建斌看到了，就按上面的地址邮编去了一封信，落款"许仙"。白素珍很快就回信，"许仙同学你好，白素珍是我的本名，是我父母取的。我是认真交笔友的。请问许仙是你的本名吗？"贺建斌回信，"白素珍同学你好，我爷爷姓许，我爸爸姓许，我爷爷希望我一生过得像神仙，吃穿不愁，衣食无忧，所以我的名字叫许仙。"

白素珍信来，许仙信去。

许仙信去，白素珍信来。

在那封讨论月亮的回信中，贺建斌抄写了我们湖北最有名的黄梅戏《天仙配》歌词：

> 树上的鸟儿成双对，绿水青山带笑颜，随手摘下花一朵，我与娘子戴发间，从今不再受那奴役苦，夫妻双双把家还，你耕田来我织布，我挑水来你浇园……

信的末尾，他写道：

> 歌词中的董永是我们清宁人，他父亲董武死了没有钱下葬。他把自己卖给一个富人家做奴工，换钱来葬他父亲。玉皇大帝的第七个女儿，也就是七仙女被他的孝心感动了，变成民间女子在一棵槐荫树下等他，与他结为夫妻。素珍，你要是到清宁来，我带你去看那株槐荫树，树上面系了很多条红绸带。

第九封回信称号省去了"同学"二字，第十一封省去了"白"。

事情出现陡转，是在收到白素珍第十七封信。三页信纸上隐隐地有泪渍，晕开了，泛着微黄。白素珍的期中考试总分245分，全年级倒数第十五名。白素珍的父亲拎起她的书包，塞进灶火里烧了个净光。老子供你读书，读成这个样子。不读了！早一点找户人家嫁出去，完成老子一个任务。父亲怒吼道。名次倒数在贺建斌眼里根本不算一回事，他上起学来，就没顺数过。可白素珍倒数了，哭得这么伤心，还面临着随时嫁人的危险。贺建斌不敢怠慢，他买了一份两块钱的蒸肉，另外一份一块五的烧鱼块。贺建斌把两盘菜搁在学习委员面前，说吃，吃了教我学数学学化学。学习委员夹起一块肉丢在嘴里，咋的，要进步了？贺建斌说我进步个猴子。学习委员说你不要进步，找我干嘛？贺建斌端起蒸肉，你说不说？不说，我把它倒进猪盆子里。得了学习法宝，贺建斌洋洋洒洒写下五页纸。信寄出去后，他等了两个星期，又等了两个星期。一个月过，他没有收到回信。贺建斌仔细回忆信中内容。内容完美无瑕，有情感上的慰藉，更有实打实的方法支持。白素珍为什么不回信呢？贺建斌再一细想，原来错在信封上。他在匆忙中，把"鲁甸"的"甸"写成了"句"，一个莫名其妙的地址。贺建斌没等到回信，也没等到退回来的信，那些学习法宝不知道落到了谁手上。他又写信，比遗失的那一封要多一页信纸。因为要解释他太担心她了，一着急，写错了地址。信寄到鲁甸，接着，贺建斌收回退信，"查无此人"。

贺建斌的许仙转世，就此终结。

2

自己没了青鸟,看见别家的青鸟,贺建斌也高兴。特别是像这样的"芳缄""明强缄"。贺建斌刚上班那会,每次分拣出去往同济医院的信封,都会把信封捋平放正,轻轻地盖上邮戳,生怕盖歪了。

今天不行,今天的邮戳又重又歪,像个黑面魔鬼。贺建斌拿起信封,看也不看,随手就那么一下,黑漆漆戳在那里。

堂兄贺小果平日不说不笑,从不轻易与矿上人交言,可他有笔友啊。今天就来了二男一女:男的红西服,长辫子,女的骷髅状耳吊坠。他们仅凭几封书信就天南海北聚到五矿来,推杯换盏,一杯一杯又一杯,要多洒脱就有多洒脱。贺小果在他们面前,又是笑,又是喝酒,简直变了一个人。

贺建斌觉出了孤独。

他把无数的远方送到矿区的角角落落,把矿区的角角落落送到无数的远方。他是孤独的。贺建斌没有一个属于贺建斌的邮戳。

格老子,你不晓得,做衣服的没有衣服穿,杀猪的没有猪肉吃，你个送信的，收不到自己的信，这不是天经地义？贺建斌偶尔露出"无信者"的失落意，老大邱红兵拉下脸来怼他。

"鸭公"邱林子补一刀：成天人模狗样的穿个绿皮，送个信，都没意思，那你下去和我们一起炸石膏。

贺建斌说，哪个愿意穿绿皮？"哧……"邱林子鼻子发出长长的冷气，贺建斌就不说了。披了一身男人皮，却不能靠胳膊大腿吃饭，贺建斌自觉低人一等。

贺建斌高考前两个月，他爸贺木良去找副矿长陶三平。三平呀，你当这几年的副矿长，我和你姐没提什么要求吧，你外甥建斌今年高考，我们不想他下井。陶三平说建斌要考大学的。贺木良说，谢你的吉言啰，我贺家的祖坟还没有冒青烟。

贺建斌七月份高考落榜，八月份穿上邮递员的墨绿色制服。贺木良专门到"好再来"里摆了一桌酒，小舅子陶三平坐上席。建斌，给你舅把酒斟满。这次要不是你舅，你能有这体面？你晓不晓得，在旧社会，土匪都不打劫送信的。

现在想来，土匪不打劫又有狗屁用，反正他自己没有信要遭劫。他要是有信，遇到的也是一个王格格，或者白素珍。想到白素珍，贺建斌心里小小地动了那么一下，他以为他忘了白素珍。贺建斌从床上爬起来，走到窗口，月亮挂在天上，亮汪汪的。他探头看墙上的爬山虎，一墙的叶子泛着绿绿的光。

这时，一个人穿过巷子，向街道那边走去。她长发披散，宽大的白色风衣敞开着。余莉芳这么晚还在外面？

余莉芳到职工医院报到的第一天，曾引起不小的骚乱。那天，她头抬得高高的，目光直视前方，两只胳膊大义凛然摆着。长至腰间的头发披散，好似一匹黑得发亮的绸缎。绸缎掩盖下的那张脸却不能看，全是麻子。麻点大大小小，颜色深深浅浅。（听我妈说，矿上司磅员梅艳方的妈看到这张麻脸后，高兴了一两天。有了这张麻脸的衬托，她女儿梅艳方再不会是矿上第一丑女了。）

哎呀，可惜了，可惜了！季德君校长的老婆孙玉兰连连叹气。按照孙玉兰的原有计划，医院这次如果分配来一个漂亮姑娘，她就把姑娘撮合给总部宣传部部长的儿子。部长拜托她几次了。我们五矿有两个牵线红娘，石膏工艺厂职工花想姣是一个，但凡家里有未娶未嫁的矿工儿子矿工女儿，到一定时候，家长就会上花想姣家的门，点心苹果拎过去，亲亲热热和她说话，拜托她操心。花想姣一年四季新凉鞋新皮鞋轮换着穿。膏矿的老习俗，媒人牵线成功，男方女方各送一双鞋子感谢媒人，为拉姻缘配，媒婆跑多了路，脚受累了。五矿人事股股长孙玉兰呢，也有新鞋子穿。花想姣穿假皮子皮鞋，孙玉兰穿真皮子皮鞋。

孙玉兰牵线搭桥的双方出身要么总矿宣传部、组织部、人事部，要么分矿宣传科、组织科、人事科，要么幼儿园、小学、中学、职业高中的老师。总之，不在井下出苦力。矿上每每分来坐办公室的姑娘，孙玉兰就忙碌开了，谁介绍给谁，谁和谁匹配，她心里有一本账。矿区的男青年多，女青年少，每个未婚姑娘都是一个宝贝。

余莉芳应该宝贝，可她这样一张脸……孙玉兰犯愁。

啧啧啧，我的个妈天，她那个样子了，还走起路来两只胳膊一甩一摆的，架子好大。花想姣边说边摇头，孙股长，我看啦，这个姑娘的心难得操。

你这个花喜鹊，一张嘴巴把死驴说成活马，你操个心。孙玉兰说。

花想姣接口就道，巧妇难为无米之炊，巧红娘难为无好姑娘之媒，再来一个花喜鹊也没办法，难！花想姣确实是花喜鹊。一张巧嘴可以连说三小时不歇气。花想姣有时会以喜鹊自称，那意味着她很得意。这样一个麻脸姑娘，她花想姣一时半会找不到可以牵线的人，孙玉兰也甭想。

贺建斌的妈在家里和贺木良扯闲话，扯些女人们嚼舌头的话。贺木良说，你们这些女的，一个个太平洋的警察。贺建斌的妈说，没有太平洋的警察，你们男人一个个等着打光棍。贺建斌笑他妈自作多情,却不去说破。

余莉芳12号报到,16号来了"明强缄"。17号,"芳缄"去武汉。25号,"明强缄"来五矿。青鸟展翅翩翩飞,不是恋爱,是打仗?

余莉芳转过巷子看不见了,贺建斌躺在床上翻来覆去睡不着。王格格,白素珍,余莉芳转马灯一样在眼前晃。白素珍也应该有齐腰长发,脸嘛,像王格格那样,一笑起来,风情无限。

雨可能是贺建斌睡着后开始下的。站在他面前的余莉芳浑身湿透了,黑瀑布的头发湿哒哒贴在背上,白风衣裹紧身子,像是从河里爬上来的落水鬼。刚开始他睡得迷迷糊糊,听到砰砰几声,好像有人在敲门。他转了个身,接着睡。啪啪,啪啪,猛烈地拍门,同时响起女人的尖叫"开门,开门"。尖叫声像利剑刺破贺建斌的睡意,他拿起枕头旁边的Call机看了眼时间,十二点二十八分。这么晚,谁呀?贺建斌又恼又惊。

我来拿信。余莉芳仰面说道,她脸色煞白,右眼角窝的那堆麻点分外凛冽,直刺贺建斌的眼。

现在几点钟,拿什么信?贺建斌有些恼火。这个女人神经病,半夜三更的要信。就算是有信寄给她,也是明天的事。

我的信,我的信还在不在?我不寄了,不寄了。余莉芳声音着了火，急切，慌乱。她说着就往里面走，边走边捋额前的头发，手一甩，几点雨水溅到贺建斌脸上。贺建斌只得拉开抽屉，从分拣好的那一摞信中找出"芳缄"。余莉芳一把抢在手上，扭身就走，三步两步冲下台阶。贺建斌发愣，大半夜的，活见鬼了。他刚要关门，又是几声急促的脚步声，余莉芳跑到门口，对……对不起，谢……谢谢！信还紧紧地攥在她手上，往下滴着水。不等贺建斌说话，余莉芳向他鞠了一躬，转身走进雨中。

3

收回的"芳缄"里，字字句句说的是有情，又觉得不可以这么有情，所以收回？字字句句说的是无情，又觉得不应该这么无情，所以收回？"芳缄"里到底藏着无情还是有情？贺建斌手里盖着邮戳，心里想着余莉芳收回的那封信。

无情，一定是无情。无情本来是块大石头，推过去，压在"明强"心上。她下不了狠手，思来想去，搬回来，压在自己心上。她走在雨中，步子迟缓，犹疑，像一个送葬的人。他应该叫住她，递给她一把雨伞。贺建斌想。雨夜造访后，贺建斌留意到那只来自武汉的青鸟翅膀折断了，近一个月没能衔来"明强缄"。

花想姣的嗅觉果然灵敏。她再看余莉芳的脸，眼光停留了一两秒钟。先前，她看余莉芳的脸，飞快地看，就那么瞟一眼，瞟了后，立马看别处。盯着一个姑娘家的麻脸看，太不地道。花想姣不会做出这等事情。其实，她看或是不看，余莉芳的视线根本不与她交接。她的视线笔直笔直，眼窝窝发出，一往直前。花想姣对孙玉兰说，这姑娘和男朋友闹掰了。孙玉兰问哪来的消息？花想姣说，老李头说的，她男朋友好些天没有寄信来。老李头是职工医院的门房老头，贺建斌送过去的信，经他的手转给各收信人。

这天晚上，青石帮聚到"好再来"喝酒。刘富有请客。上午他刚到碉堡取了张汇款单，一高兴，立马连拉带拽地要请贺建斌喝酒。贺建斌也不客气，叫齐人马去吃他的大户。他本来就有钱，又出了一个台湾二叔，不吃他吃谁。辣椒炒肉吃了三盘，排骨藕汤上了两大钵，全是扎扎实实大块大块的肉和排骨。我们老大邱红兵说，刘老板，从今天起，你不是奸商，你是良商，良心大大地好。刘富有说，天地良心，我刘富有从来都不是奸商，喝酒喝酒，你们喝酒。我们就喝，喝得东倒西歪。邱红兵出餐馆门，歪歪斜斜走醉步，贺建斌没拉住，老大滚下台阶，一头栽到石板上，脑袋顿时开了花。我们的酒吓醒了，赶紧扶着老大去职工医院。

小护士一看到邱红兵满脸的血,就往医生办公室跑,边跑边喊,余医生余医生。余莉芳出来了,脸绷得紧紧的。这个小护士,大惊小怪的,就诊人不被自己的血吓倒,反要被她吓倒。余莉芳训过她几次,总这样咋咋呼呼。小护士笭着双手在那里发慌,余莉芳喝道,准备东西!小护士连忙打开一个医用缝合包,里面有医用镊、医用剪、纱布块、医用缝合针等。余莉芳先用双氧水给老大清洗伤口,碘酒消毒。老大龇着牙,嘴里发出嘶嘶声。贺建斌说陈栋梁,快点弄点辣椒来。我说好,涂在老大屁股上。老大笑出声来,骂道,格老子,老子快疼死了。贺建斌说猫舔猫屁股,不疼。

有天,贺建斌问我们,我不让猫吃鱼吃老鼠,我要猫吃辣椒,怎么办?邱林子说这还不简单,把辣椒塞进猫嘴里,它不吃就用筷子捅。暴徒,贺建斌说,暴力是最后的出路,不到非不得已不暴力。梅明亮说饿猫三天,不给它吃饭,然后把辣椒裹在鱼里。骗子,贺建斌说,欺骗手段愚弄人不是好同志。那你说咋弄?我们仰视贺建斌。贺建斌说,同志们,猫有屁股吧,把辣椒擦在它屁股上,它辣得跳,会不会舔屁股吃辣椒?凭着猫舔猫屁股这个段子,贺建斌在帮里站稳了军师智多星的地位。(后来我们才知道,这个猫吃辣椒的妙法据说是毛主席他老人家发明的。贺建斌哪天看闲书，得了这妙法来考我们。这个贺建斌啦，天生就是军师的料子，晓得站在伟人的肩膀上。）

青石帮说笑间，老大头上缝了七针。余莉芳穿针引线，手脚麻利，面上毫无表情。只不过她出办公室看到我们一群人时，向贺建斌多看了两眼，脸上似乎微微红了那么一下。

回青石帮司令部202宿舍路上，邱林子鸭公嗓子嚷道，贺建斌你老实交代，你是不是把人家余莉芳弄得心痒痒了？贺建斌说扯淡。邱林子说人家余医生没眼睛看我们，只看你。你肯定以权谋私，送信送出个旧爱已去，新欢又来。贺建斌不置可否笑了笑。他刚才说辣椒涂屁股笑话，其实是为了引起余莉芳的注意。她注意到他，又怎么样？贺建斌不太清楚，或许他对着她微笑微笑？含着无声的问候：余医生，你的"芳缄"呢？我保证帮你安全送到。日渐倦怠的送信生活中，只送刘先道刘先理兄弟间的家长里短、刘富有的台湾汇款，贺建斌觉得没意思。他的手无所事事，更增了几分孤独。

三天后又见到余莉芳，而且是在那个地方，贺建斌没有想到。

那是一个旧车站，上世纪六七十年代那时候发往清宁城的货车都从那里出发，后来沿宝峰河修了条新公路，车辆不走那边，车站就空了，败落了，积满了灰尘与蛛网。五矿四矿和附近一些村湾的小孩子把那里作为疯闹打斗的场所。再后来，1987年，憨憨季博文的爸季德贤在那里找到一根结实横梁吊死了。憨憨脑子拎不清，季德贤想再生一个拎得清的，生不出来，老婆又催他离婚，只好吊死了事。再也没人敢去旧车站了，我们和其他帮派约打架，也不往那边去，阴气重，影响我们手脚发挥，要打就在大太阳底下打。贺建斌那天是从家住翟家湾的小姨家吃完晚饭回矿，他想抄条近路，抄近路得路过旧车站。他犹豫了一会，看看天上，天上有月亮。虽不是圆月朗照，却也不是乌云密布，随时要冲出一个鬼的样子。

真是有火星子，正一闪一闪的，在坍塌的墙那边闪。贺建斌扭过头去不看，但火星子闪闪的，勾他的魂，要他看。他就看，看到的是红火，不是蓝火，鬼才发出蓝火。那红色的星点忽明忽灭，明灭时间不等，长一点，短一点，幽微的火花。贺建斌又害怕又亢奋，他要去捉住火星子。前些日子，有传说旧车站闹鬼。也不是闹，是个安静的鬼，无声无息在那里闪光。贺建斌提着步子悄咪咪地走，走到墙边，看到一个长发女人背靠墙站着，手里夹着一根烟。

余莉芳惊叫一声，烟头掉到了地上。

4

到了同济医院,我才晓得我们矿上的职工医院简直是个小儿科,不值一提。天底下生病的人如此之多。外科楼,内科楼,急诊科,乌泱泱地挤满了人。我们要找的是医务科。医务科在医院行政办公楼最高层十二楼,有电梯。贺建斌不让我乘,他甩出两个字"爬楼"。军师这样说,肯定有军师的道理。我们就爬楼。爬上十二层,我累得要吐血。贺建斌喘着粗气,说吃了这么大的苦亏,待会见到人了,晓得怎么搞吧?我只有点头的份。

昨天,贺建斌高看我一眼,他避开老大邱红兵,单独找我。贺建斌说老大不行,老大话说不到三句,就要动武。我说那是的,不能动武,强龙压不过地头蛇。贺建斌说先讲道理,讲道理。他边说边点头,好像那道理已讲得人心服口服五体投地。我打击他,我说道理恐怕不好讲哦,人家通信不通信,交往不交往,是人家自由。贺建斌眉头皱了几皱,说讲不通了再说。我说讲不通了再打。贺建斌说打。

我们喘匀了气,走到医务科门口,一左一右站定,像俩门神。请问明强同志是这里吗?贺建斌问。五个趴在办公桌上的人没一个抬头。请问谁是欧阳明强?贺建斌又问。一个中年男人抬起头，说什么明强暗强，我们这里没有谁叫明强。贺建斌说明强同志给清宁市石膏矿五分矿寄信，上面留的是同济医院医务科明强缄。中年男人瞅了瞅贺建斌，随后扬起嗓子喊道，哪个人给……哪？贺建斌说清宁市石膏矿。中年男人声量加大，哪个人给石膏矿去信了？我，我。从里间小办公室里跑出来一个姑娘。中年男人瞪大眼睛，柯红，人家找明强。姑娘笑道，明强自有明强的事，王主任您别管。

柯红姑娘坐在我们面前，深邃的眼窝，蜜蜡般的肤色，一个典型的南国美人。贺建斌介绍完自己的身份，光敞着嘴巴，不知道再往下说什么。"明强"和眼前美人没办法画等号。

柯红说我提笔写信时，我叫柯红；信封上落款，我叫欧阳明强。当然，也可以落款王德彪刘振武。可以落款任何一个名字，只要它看上去是一个男生。

往事在我们面前拉开。拉开大学校园一角，我和贺建斌看到讲述元谋人的余莉芳。

你知道元谋人吧，之所以叫元谋人，是因为发现地点在云南省，元谋县，上那蚌村，西北小山岗上。余莉芳说。余莉芳特别强调地点，她按行政划分一级一级说得清晰明了，这足以证实元谋人来历可信，她不是无中生有。被她拦截听讲的人耐着性子往下听。余莉芳说钱方和浦余庆这两位，知不知道？哦，不知道。不知道不碍事，你只需要知道，钱方和浦余庆是考古学家，搞考古的，1965年，就是他们发现了元谋人。先发现的不是人，哪来的人？人没有了，只有牙齿。钱方和浦余庆发现了元谋人牙齿，元谋人的牙齿齿冠保存完整，舌面中间凹凹凸凸粗粗糙糙；元谋人的牙齿齿根末梢残缺不齐，表面有碎小的裂纹，裂纹中填有褐色黏土……被拦截的人听不下去了，要跑。余莉芳说，还没完哩，我讲个商鞅变法你听，卫国人商鞅在秦国实行的变法运动。说起来，这变法也不容易啊，你想想，一个人本来一块大蛋糕吃得正上劲，你偏要伸出一刀切一部分，他不找你拼老命？秦孝公进行变法前召开过朝会，命令臣工商议。变，还是不变？反对变法的说"利不百不变法"，商鞅说"前世不同教，何古之法？帝王不相复，何礼之循？"，反对变法的说"功不十不易器"，商鞅说"治世不一道，便国不法古"……听讲人终于拂袖而去。余莉芳神色飞扬，脸上的麻点点愉快地颤抖。

余莉芳再次完美拦截了追求者。

追求者们实在是头疼，麻脸姑娘干嘛总和医学系"系花"柯红裹在一起。去图书馆，去操场，去食堂，两个人成双成对，完全不给男生空档。好不容易逮住了一个凑上前表心意的机会，柯红说我回教室有事，男生跟着身后，余莉芳说，哎哎哎，你听说过元谋人吗？

美丽的姑娘总是有人爱，总是有人围追堵截。有的人七弯八绕绕到柯红身边，就是为了望着她笑一笑。柯红苦恼，柯红说我现在不想恋爱，好烦人。睡在她下铺的好朋友余莉芳说交给我。余莉芳以其碎碎念的历史讲学，讲晕了烦人者，他们急得心头起火，哭不得笑不得。

毕业后柯红留在省城，进同济医院。这本该是件开心的事，但因为余莉芳的去向，开心打了折扣。肮脏的街道，灰蒙蒙的天空，看不出鼻子眼睛的黢黑黑的矿工，东家长西家短扯得唾沫飞飞飞的矿工女人——柯红说我不敢想象你在那里怎么过。余莉芳说该怎么过就怎么过。余莉芳对着镜子在看脸，柯红你帮我数数，这里有几颗？她手点着右眼下角，那里窝了一堆麻点点。柯红打掉余莉芳的手指，说，没几颗，莉芳，我每个星期给你写信。余莉芳说记得落款落个男生的名字，武大郎啊，张飞啊。柯红一时没反应过来，武大郎？余莉芳说，男朋友的名字。柯红笑出了眼泪，亏你想得出来。柯红心里一阵发酸，别看余莉芳平时抬头挺胸，不屑一切的样子，可她也是女生啊。男人们一个个独眼龙，只看到了余莉芳的麻点。

从上个月开始，你没有给她写信了。贺建斌说。

她不让。她说我要是再给她去信，她就和我绝交。

没有……没有原因？贺建斌问，问后又觉得不合适。他讪讪地笑，我给你们送信，送习惯了。

余莉芳说她想一个人安静地生活一段时间，具体的情况她没细说，我也没细问。我按照她的心意办就好了。你们不了解她这个人，她认准的事，九头牛都拉不回。

柯红给我们茶杯里续开水时，进来一个男青年，高个，白白的，戴眼镜。柯红一见到他就笑了，微翘的小虎牙透出一种格外的娇憨。她朗声叫道，宋学明，这是莉芳五矿的同志。宋学明伸出了手，说，我、柯红还有余莉芳，我们三个人一个镇上的。我握住宋学明的手，那手很软。我有点拘谨，在五矿，我从没有跟人握过手。

宋学明挨着柯红坐下，他问道，莉芳在矿上还好吧，她不让柯红给她去信。柯红说，我们三个人从小学一直同学到大学。

贺建斌说余医生蛮好的，她医术高超，我们矿上的人都很喜欢她。

回清宁的汽车上，我看着窗外驶过的树，装作不经意地说，那个男的，还蛮有风度哈，还握手。贺建斌说，哼，他那手，女里女气，没劲。我说嗯，没劲。

5

贺建斌把堆在桌上的乒乓球拍、啤酒瓶、臭袜子等杂七杂八的东西推开，清出一块空地，将印有"清宁邮政"红头字样的信纸平铺。笔尖触着了信纸，停在信纸上，撇，捺，横，横，笔划打着战，横不平，竖不直。他妈的，写封信，有这么难？贺建斌抓起信纸，揉成一团。他站起身去厨房，拧开水龙头，对着额头冲了半晌。他回到桌前，深吸了口气，端端正正坐好。无论如何，他要写这封信。

余莉芳医生：你好！

写了六页信纸，前五页摘抄《清宁石膏矿志》的第一部分："石膏的发现与开采"。

明朝嘉靖年间，清宁县西北囤山山脚，因崩崖而发现石膏。清咸丰三年以前为单一采膏阶段。此后，清宁县获准熬盐，即进入膏盐兼采阶段……

贺建斌从舅舅陶三平手上借到矿志后，迅速作出规划，矿志有十章，一封信摘抄一章，可以去信十次。作为一个矿区子弟给一个外来者介绍矿情，应该不会引起余医生的反感。

余医生，我还想向你请教一个问题，你知道中国最早的书信是哪一封吗？听说是在湖北云梦睡虎地四号秦墓中出土的《黑夫木牍》。一个叫"黑夫"的秦国士兵给他哥哥"衷"写信，询问家中母亲的身体情况，汇报自己在前线打仗缺衣少钱，希望家里给他寄去衣物等。余医生，我讲《黑夫木牍》，不是要在你面前炫耀学问，我是想说两千多年前，人们就利用书信表达心声。我今天冒昧给你去信，没有别的意思，只是想让你多了解了解工作的环境，希望你开心！

欧阳明强
7月15日

在信封寄信栏处，贺建斌写上"明强缄"，随后贴上邮票，盖上邮戳。他跑去医院门房，大声叫道，李师傅，余医生的信，武汉来的。

我再次被贺建斌叫到碉堡是他寄出矿志第四章后。我以为他要通告我，他金盆洗手，不再寄信。一只青鸟只有去程没有归程，贺建斌有些沮丧。我说欧阳明强同志，你愿意寄信是你自己的事，你不能怪人家余医生，她又没让"欧阳明强"写信。贺建斌笑笑，从口袋里掏出一个信封摊在我面前。我一看，"欧阳明强　收"。哇，快快快，奇文共欣赏，看看芳缄缄了啥？我上前去夺信。贺建斌拦住我说道,等一会等一会,只见他拿起邮戳章,在油墨盒里蘸了蘸,对准信封轻轻地盖下去。

【补录二】

再次和宋学明握手,已经到了 2005 年。

贺建斌和余莉芳的锡婚纪念日。

锡婚?我说贺建斌,你就不能等到金婚钻石婚再搞纪念?贺建斌说先锡后金嘛,锡婚喝三杯酒,金婚喝六杯酒。我说等你到金婚,我胡子都拖到地上了,能喝六杯?贺建斌你胡子飘到天上,该喝的还是能喝的。

贺建斌一点都不亏待他的军师脑子。青石帮人马早已去东的去东,去西的去西,随风散,他却总能振臂一呼,找出聚众喝酒的由头来。

我赶到贺建斌家里,梅明亮、邱林子、刘耗子三个人已经坐在麻将桌上了,和他们同桌是一个女人。梅明亮掷出一块牌,说一条。女人把手上的牌一推,笑嘻嘻说道,胡了,清一色。女人露出了小小的虎牙。这时一个男人从厨房出来,一手端着一碟切好的苹果,说道休战休战,休战半小时。男人高个,白,戴眼镜。我还没来得及叫出他的名字,贺建斌说栋梁,这是宋学明,宋主任。宋学明伸出手，我握了。那手温润柔软。

掐指一算，离上次在同济见柯红和宋学明已经过去了十二年之久。照情理说，在余莉芳当年的婚礼上，我是可以见到的，如果余莉芳邀请了他们。余莉芳没有邀请，时间还不曾给予她足够的力量，力量大到她眼见柯红和宋学明甜甜蜜蜜，心里不生波澜。要生，也是欢喜。单纯的欢喜。欢喜看到好朋友被爱情的火焰照亮，熠熠生辉。

柯红的来信十句话有八句话离不开宋学明，宋学明和她在东湖边骑自行车，宋学明和她去爬磨山，宋学明评上年度先进工作者，宋学明在核心期刊《中华医学杂志》发表论文。

宋学明填满了柯红，每一分，每一秒。余莉芳再怎么装瞎子，也不能看不到。好朋友柯红恋爱了，她爱的人是宋学明。

宋学明。

这个名字只能是一个死结了，埋在余莉芳心里。她不能对柯红说，柯红，我也梦想过和宋学明一起骑自行车一起爬磨山。关于宋学明的想象，余莉芳有过很多。旧车站坍塌的墙边，抽过的每一支烟，都在呼喊他的名字。

大雨夜敲开邮政所的门，索回最后一封信，远远地离开两个发小的爱情焰火，这是必须的唯一的路。路上长满荆棘，也是路。

第二章　军师贺建斌　59

吃完苹果休战片刻，麻将继续。柯红冲着厨房里喊，莉芳出来歇一会，让他们男人去做。她又扭头对宋学明嗔道，还不快去帮贺建斌杀泥鳅。

泥鳅太滑了。贺建斌捉了又捉，才捉住一条，刚把它按在砧板上，要拿刀杀它，它身子一摆，从他手上又溜掉了。余莉芳说我来我来。她一急，不小心把鱼盆子给踢翻了。几十条泥鳅爬得满地都是，一个个跳摇摆舞。余莉芳笑道，这下子可好，吃不成老黄瓜烧泥鳅了。宋学明拿起盐盒子，向地上撒了三勺子盐。不一会，泥鳅们停止摇摆，趴在地上不动了。贺建斌手起刀落，一刀剁一个。宋学明在一旁挑大小。大泥鳅蒸着吃，小泥鳅烧着吃。

泥鳅上桌，酒杯摆好。邱林子叫我去挨着和他坐，我说我和宋主任喝酒。宋学明说我喝不了酒，我说男人哪有不会酒的。

那天宋学明喝了三杯，我给他斟的酒。

第一杯，为了余莉芳，替她报雨夜索信一仇。第二杯，也是为了余莉芳，替她报旧车站鬼火闪一仇。第三杯，为了我兄弟贺建斌。

贺建斌说栋梁，我要给她写一封真正的信。说这话时，我们正站在职工医院宿舍楼后院一棵大树下，贺建斌抬头看三楼自左而右数第五个窗口。余莉芳在房间里坐着，走着，她伸展双臂，弯下脖子，白天里挽成发髻的头发长长地披下来。贺建斌说栋梁，纸短情长，伏惟珍重，这句话能不能写？

我陪着贺建斌仰头看窗口灯光，黄色灯光像是在燃烧，照着贺建斌疲惫的脸。贺建斌为伊消得人憔悴，一贯闪着灵光的小眯眯眼暗无天日。

一封真正的情书迟迟不能吐露芬芳。

青鸟衔去"梦里全都是你，吻你万千"，已是二十一封信之后。

1995年12月30日，我们敲锣打鼓，成功迎娶青石帮的第一位嫂子。贺建斌的妈把大白兔喜糖边往我口袋里塞边骂，你这个栋梁鬼家伙呀！她的意思是说要不是我捣鼓着贺建斌上武汉城找"明强"，哪来的后续故事。儿媳余莉芳脸上的麻点，叫花想姣孙玉兰几个女人暗地里发笑。

三杯酒下肚，宋学明眼睛喝直了，晃着膀子嚷，建斌，再倒一杯，再倒一杯。贺建斌抓他左胳膊，我抓他右胳膊，架住他，高高兴兴把他扔在了沙发上。

第三章 活宝陈北山

1

陈北山是我四叔。

他是爷爷口中的短指头,五个指头中最短的那一个。爷爷非常生气四叔的短。宝峰寺里,他和老和尚讨伐短指头,言语激越,情绪高昂,如同一头七十岁的壮豹子。

宝峰寺离我们五矿不远,据说是因建在宝峰河边而得名,很小的一个庙。原来有两个和尚,一老一小。老的六七十,小的二十刚出头。这一年元旦新年刚过去大半个月,寒风虽紧,但春天正在来路上。一位老人在深圳说:改革开放胆子要大一些,敢于试验,不能像小脚女人一样。看准了的,就大胆地试,大胆地闯。这一年,宝峰寺只剩下了老和尚,小和尚出了门,说是弃佛门入红尘,去南方打工发大财了。这个且不去细说,只说爷爷去宝峰寺。

通常是在黄昏,暮色四起,几只乌鸦驮着日色飞回来，静静地停歇在寺庙的屋檐上。爷爷和老和尚一人一把椅子，并排坐，望着屋檐。爷爷说老师父，你看一只鸟都晓得守规矩，天黑了就回家，他为什么要搞那些花里胡哨，不务正业。

老和尚捻着手中的佛珠，微笑道，您啦，莫怄气，人各有命，莫要强求。你看这庙里，有菩萨坐着，有菩萨站着。爷爷恨恨有声，他陈北山为什么不能做我老陈家的长指头？十个指头偏要有长有短？

老和尚脸上还是微笑，阿弥陀佛，站的菩萨站一世，坐的菩萨坐一世，命里早有分定，莫急，莫恼。爷爷好半天没有说话，末了，他叫道，栋梁，你要做个长指头，要争气，听到没有？我正忙着擦观世音菩萨身上的灰。这个菩萨手上脸上屁股上脚上，到处沾着石膏灰。根本看不出是一个菩萨，倒像一个灰人。在我们五矿，还有五矿附近方圆十几里，青石膏灰，白石膏灰，飞得满天都是，很多物件，新皮鞋也好，新媳妇的脸也好，稍不打扫清理，就叫石膏灰弄得灰头垢面。（新皮鞋是为了叙说的需要，其实在五矿穿皮鞋的人不多，扳着五个手指头就可以数清楚，譬如，季德君校长、秦寿生矿长、刘爱民书记。哦，对了，还有机电组组长刘青松，他和他老婆何云凤骑自行车去清宁市逛书店时也穿皮鞋。）栋梁，你长大了，要当先进，听到没有？爷爷又喝道，我连忙说听到了。我用力地擦，擦出一个新菩萨，金光闪闪的，坐在大殿上。我喜欢做这件事。

爷爷喜欢的，是和老和尚拉家常，倾吐心中的烦恼。在矿上不能吐，吐了只会让别人笑话。家门不幸出活宝。老和尚身处佛门，不会笑话世间人。再说，他佛门里的小和尚也是守不住佛规，断不尽红尘金钱梦。对爷爷的命运，老和尚深有同感。

在这里，有必要介绍我们陈家的光荣历史。我爷爷陈长发，1923年生人，1956年曾披红戴花去北京参加全国总工会召开的"全国先进生产者代表"会议。石膏矿换了五任矿长，但矿上展览室最显眼处，仍挂着我爷爷的荣誉照片。爷爷有四个儿子，老大陈东山，老二陈南山，老三陈西山，老四陈北山。前三个身形酷似爷爷，敦实，宽背宽肩，走起路来，脚步生风。"学习葛洲坝英雄儿女，争当四化尖兵""百日安全无事故""最佳充填手"……各项活动中，前三个长指头拼死忘命地干。提起陈长发的儿子，没有人不竖大拇指，爷爷活得格外地威风。爷爷老人家一发话，书记矿长也得听几分。

我的四叔陈北山就不是那么回事了。

陈北山肩膀子薄，腰身细，走起路来，也是轻悄悄如娘们，爷爷非常恼火，他最恼火的是四叔的手。师父你说，哪个工人的手上不长茧不结疤？不长茧不结疤，叫工人的手？他还戴手套！他的手是拿绣花针的，还是弹钢琴的？呸，丢人，丢先人！

五矿井下的活，有割岩，打桩，点炮，充填，装运等，最辛苦的要数搬运装车。装运一天石膏下来，保管你浑身散架，胳膊疼，腰腿疼，倒在床上爬不动。一双手就更不用说了，磨出血口血泡子，伸都伸不直，就算是戴上劳保手套，也好不到哪里去。其实矿工们干起活来，不怎么戴手套，嫌它碍事，干活不利索不得力。等熬过十天半月，血口子血泡子结出老茧，一双手就练成了铁耙子，刀山火海敢伸进去，也就有资格从事其他工种。

四叔在井下当装运工，干了三个月，还没有顺利转到其他工种去。装运组组长和爷爷一样，气恨他的手套。你戴个手套做事，你怎么不穿双皮鞋做事？组长喝斥道，只见他两腿立定，两臂肌肉绷起，他一使劲，一双铁耙子抱起一百来斤的石膏，轻轻巧巧扔进了翻斗车。四叔在一旁龇牙咧嘴地甩着手，组长，我的手……组长吼他，你的手，你的手是个稀奇！

四叔的手确实长成一个稀奇，十指纤长洁白，指甲壳肉红，指甲缝洁净，手背上浅蓝色的青筋清晰可见。这手长得太邪门了，简直不配做一个劳动者，更不说做一个井下挖石膏的人。

这双手打起快板来，却是呱呱地响。左手拍，右手拍,伴着节拍声,四叔口吐莲花,"安全生产大如天,人人崩紧这根弦,遵章守纪不蛮干,保平安。雪怕太阳草怕霜,安全生产怕违章,谁若违章要蛮干,定遭殃。快刀不磨会生锈,安全不抓出纰漏,一人出事全矿悲,难受。"矿上宣传股股长王重阳说,这小子,还真是个人才。爷爷朝地上吐出一口老痰,哼,人才!花拳绣腿的,他老先人的人才!

有一天矿长秦寿生找到我爷爷,恭恭敬敬请示,老区长,我们打算把陈北山调到井上宣传股来,您看呢?爷爷一听,眼睛鼓得桃子一样大,厉声道,人人都调到井上来,哪个挖石膏,哪个搞革命?毛主席他老人家说不靠天不靠地,全靠自己救自己。毛主席老人家说工人阶级有力量,不是指这些歌的舞的!爷爷气愤愤的,一口一声毛主席他老人家。也是啊,根红苗正的工人后代,"国家先进生产者"的后代,不在井下好好干革命挖石膏,还能由着他的性子,调到井上来弄那些花拳绣腿?秦矿长,你今天记住我的话,只要我陈长发活一天,陈北山他就莫想调到井上来。

爷爷四十多岁得了他的幺儿子陈北山,自小多少有些娇生惯养,只是没有想到娇养到这个地步,像一块豆腐,动不得劳不得。人家干一两个小时不歇,他干一二十分钟就要歇,靠在岩层上,敞着嘴巴大喘气。一到井上呢,一条活泥鳅，打快板、拉二胡，活蹦乱跳的。

四叔工休在家，我就赖在他房里。四叔比我大不了几岁，当着外人的面，我叫他四叔。背过身来，我直呼其名。我说陈北山来一段，他张口就来，"漂亮小子陈栋梁，衣装整洁到学堂。见到老师行个礼，见到同学问声好。上课时间快要到，提前备好书和包。"竹板子啪啪啪地响。爷爷在外面气哼哼地喝茶，他揭起搪瓷缸盖子，又重重盖上，又掀起，又盖上，刺刺声频繁响起。四叔陈北山的竹板子拍得更欢了。

四叔是个快乐的人，见人就笑。大伙拿组长的话开他的玩笑，来，让我们看下稀奇，么样的稀奇。他笑笑嘻嘻地伸出手背，又翻过来，伸出手心，笑笑嘻嘻地说，看看看，不看白不看啊。大伙送他一个绰号，陈活宝。

2

陈活宝还真个活宝，他有一双会说话的手。你听，打起快板来，手说来呀，我在这里，在这里。你就追着他的手跑，看左边，看右边，看一个个欢快的词咕咚咕咚冒出来："鱼儿离不开水，瓜儿离不开秧。小孩离不开他亲娘，成天我把工会主席想……"底下的观众乐得拍桌子拍椅子,陈活宝,再来一个。

陈活宝拉二胡时,一双手就未免过于哀苦了:手说我忧伤啊,我难受啊,我的心被大石膏砸了个洞;手忽而颤巍巍地犹疑疑地慢行,忽而又疾风骤雨,疯癫一般,仰天长啸。

这双会说话的手有情有义,完全对得住四叔的付出。

四叔每天搬完石膏,一出井就直奔澡堂。浑身上下的洗,重点洗那双纤纤玉手,洗得严谨,专注。先是左手手背,五个指甲缝,十四个关节窝;再左手手掌心,五个指腹,水龙头下一遍遍搓,揉,冲,洗。左手完毕,右手继续。澡堂负责人刘堂长在帘子外喊,陈北山,好了没有?陈北山答,快了。刘堂长又喊,水快没了。陈北山答,快了。刘堂长掀起帘子,只见湿哒哒的空气里,水汽弥漫,雾气蒸腾,蜂花洗发香波和各种香皂的味道浮游着。赤条条的陈北山正举着手迎着灯光检查他的指甲缝。

晚饭后,四叔身穿一身白色的棉绸衣裤,飘飘荡荡去五矿办公大楼后面一个亭子里拉二胡。他微微侧着头,一双手忽急忽缓,忽重忽轻,疙疙瘩瘩里诉说万千心事。晚风一吹,绸褂绸裤漾成几道白色的波纹,四叔恍若浮在云层上。有人路过亭边,瞅一眼拉二胡的人,笑道,神仙又在杀鸡。另一个说,你也去神仙杀个鸡?前者伸出结结实实的大巴掌举给对方看,我这手啊,没杀鸡的命。

这时，爷爷就会冲奶奶发脾气，你把他那身白皮给老子收起来，穿得像他妈一个二流子。还有二胡，也给老子收起来。拉拉拉，你再不收，老子砸了它。奶奶脸一扬，露出鄙夷的神色，你个老家伙，你不把他调到井上来就算了，凭什么不准他这不准他那。他就是要拉，拉死你。奶奶说完，大门一摔，出去了。奶奶去找花想姣探口风，找没找到哪家合适的姑娘婚配四叔。前些日子，花想姣说，王婆，你幺儿子那双手把几个姑娘迷得荤七素八，哪天我要讨杯喜酒喝哦。爷爷追到门口，想开口骂，想了想，头一扭，又折回到堂屋，他无言可骂。

当时幺儿成天缠着翟家湾的翟老头，他就应该阻止的。翟老头拉得一手好二胡，拉那个什么二泉映月，拉得凄凄惨惨，好不悲凉。湾里的猪啊狗啊听了唰唰地流眼泪。幺儿叫这悲凉声给吸住了，成天无事有事往翟老头那里钻。他学习成绩本来只够勉勉强强过及格线，加上这二胡掺和，高考考了个稀巴烂。反正矿上的孩子也没把高考当个啥，上不了大学，也有国家工人的铁饭碗等着。你工人就工人，可你要像个工人的样子啊。爷爷窝在躺椅上，自个儿生闷气。

四叔搬了七个月石膏，才去打桩组学着打井下立柱。我混着我的高中生涯，闲时，听四叔那双手咿咿呀呀拉二胡。实话实说，四叔拉二胡，确实有杀鸡之嫌，一把钝刀搁在鸡脖子上,割了半天不见血,鸡惶惑地苦叫。四叔全然不理会这鸡的苦,还是天天钝刀杀鸡。他尚且不知道,有个空心萝卜等着他。

3

这次各采区实行人员自行组阁。矿长挑选采区区长,采区区长挑选组长,组长挑选组员,组阁名单将贴在墙上公之于众。大伙儿聚在王老二的小卖铺前说天说地,说这下子好,我们成了菜场上的萝卜白菜,任人挑任人选。爷爷笑道你是个好萝卜,还怕没有人挑你?就怕你是个空心萝卜。那人就接过话头,干笑道,好哦,到时候看看哪个是空心萝卜。两天后,食堂墙上果然贴出三张大红纸。大伙儿一窝蜂挤过去找自己的名字,有的在一采区名单,有的在二采区名单,心细的去点炮,力气大的去装车。有人从人群后面向前挤,焦头烂额地叫,我的名字呢?看到没有,我的名字。我爷爷说一个萝卜一个坑,还怕没有你的坑。他说笑着,也挤过去看。

爷爷伫立在红纸前面,脖子愈来愈粗红,额上青筋暴起。三张红纸,爷爷从头看到尾,看了个空空落落,要说看到了什么,那也只是看到了一个空心萝卜。空心萝卜被人踢得四处转，装运组踢到割岩组，割岩组踢到充填组，充填组踢到打桩组，终无着落。爷爷的幺儿陈北山落了空。

第二天中午，还是在王老二的小卖铺前，工会主席放出话来，纸上名单有误，抄漏掉了几个工人，现在予以更正。有好事者嬉笑着发问，一个空心萝卜都没有？工会主席不明就里，问，什么空心萝卜？于是，众人哄堂大笑。工会主席瞪了众人两眼，起身离开。

按矿长指示，他还得到陈老区长家里去。他到的时候，我爷爷正在整理他的百宝箱。百宝箱里有八条毛巾、五块肥皂、两套夏季工作装、三套冬季工作装，全是崭新的。爷爷穿衣服节省，补丁上摞了补丁，还穿。百宝箱中最多的是劳保手套。爷爷下井干活不用手套，他的劳保手套要么送给乡下的亲戚，要么送给其他工友，到退休，到底还是积攒了二三十双。爷爷时常把箱子搬出来，晒晒太阳。

工会主席见了爷爷，先说一句，老区长，老革命，您这些东西要是放在陈列室，对现在的年轻工人是很好的教育啊！劳动人民的本色，既艰苦奋斗，又勤俭节约。爷爷呵呵地笑，我老陈这一辈子落下的资产也有一箱子了。爷爷神色活泛，脸上不见多少沮丧，工会主席便陈老区长前陈老区长后，恭恭敬敬将工作人员笔误解释了一番，请老区长包涵。爷爷糙手一摆，没事，没事，几百号人，写掉一两个名字，免不了的。奶奶没有爷爷这么好的度量，她阴沉着脸，拽出叠在箱子角边上的两双手套，猛然摔到地上，你落了个好资产，你儿子落了个空。爷爷低声喝道，你没听到，写掉了名字。工会主席在一旁讪讪地赔笑，心里直怨矿长叫他来作这歹人。爷爷脸上一径笑着，倒了开水，让工会主席坐。人家已经上门道歉了，一口气再咽不下去也得咽，老革命得有老革命的心胸，不要叫人小看了。

五个采区人员名单出来后，矿长办公室连夜召开会议，要不要动员哪个组把陈活宝挑过去。两派意见：A派，坚持民主，结果如实公布，给那些吃不得苦耐不得劳的人一个警告；B派，民主基础上集中，得有一个组选陈活宝，要不然陈老区长那里不好交代。A派的火气旺，改革改革，不改出个前所未有，改个屁，闹花架子；B派说，江山是老革命们打下来的，不看僧面看佛面。眼看两派人要拍桌子，矿长摆了摆手，用力咳了两声，我们改革的步子嘛，还是要慢点，慢点走得好。

四叔陈北山并没有去一采区充填组报到。牛仔行李包整理好了，二胡、白色棉绸衣裤也装进一个大挎包里。他对爷爷宣告，他要到外面去闯世界。外面？闯世界？你个王八蛋，不晓得外面世界的难。外面有好世界等着你？爷爷当场掀翻了饭桌，矿上风不吹雨不淋的，你到哪里找这样的好事。你走，走了就不回来！

1992年4月7号早上，蒙蒙细雨横空飘洒。墙上的闹钟指向八点半，爷爷还侧身躺在床上，眼睛望着临窗的那面墙。墙壁最上角，一只蜘蛛在结它的网，忙碌碌地爬过来爬过去。奶奶推门看了看爷爷，欲言又止，轻轻地把门带上了。从家门口走到膏矿车站，奶奶的泪水一直落。四叔心硬，没有回一次头。四叔去的世界叫广东佛山四海电子厂，听说是原先在宝峰寺做小和尚的人介绍入厂的。

过了一两个月，某一天傍晚，奶奶换上那件老红色的对襟夹衣服。五六月的天，穿夹衣服有点不合时令，奶奶穿上它，只能说明奶奶要盛装出门。她头上挽起高高的发髻，还抹了点头油。奶奶容光焕发去花想姣家。奶奶开口道，哎呀，外面的钱真是个钱。花想姣说钱不就是个钱，还有外面的钱里面的钱？咻，那可不是一样样的哦，我幺儿说，电子厂里一个月做下来，可以赚这个。奶奶竖起一个大巴掌。花想姣双眼大睁，我的个妈天，这些？奶奶神色笃定，扯了扯对襟夹衣下摆，哟，这算什么，要是加班再多一点，还不只这个数。我的个妈天！花想姣的嘴巴半天没合上。花想姣的嘴巴本来就是关闭的时候少。一天工夫不到，全矿都知道了，陈老革命的幺儿子陈北山在佛山干一个月抵得上在矿上干三个月。

陈老革命在金钱面前，没有表现出多么荣兴，他闭口不谈他的幺儿子，要谈就去宝峰寺谈。他也很少再去王老二那里闲坐，王老二的小卖铺是五矿信息集散中心。你这个外乡人，若想要在最短时间知晓矿上哪一家媳妇骂了婆婆，哪一家儿子订婚了，哪一家一连吃了三天肉，只需在小店铺坐上一时半会。

转眼又进4月。宝峰河对岸，翟家湾大片大片的油菜花黄了，黄澄澄的，晃人的眼。不种五谷杂粮的膏矿人看见这黄，这土地的生机，也是高兴得很。我奶奶第一高兴，金黄的油菜花带来了好消息，她的宝贝幺儿子陈北山要回家了。老家伙，去年4月7号到今天4月15号，多少天？奶奶给爷爷出数学题。爷爷小口喝酒，不搭理她。奶奶自己答，一年零八天。

15号大清早，爷爷去屠户贺安良的摊子上买了个大猪蹄，四五斤重，又把好久没生火的煤炭炉子燃起来。煤炭炉小火炖猪蹄，我四叔最好这一口。奶奶忙着把剁断的猪蹄再剁小，改成小块块。爷爷抹着被炉烟熏得眼泪流的脸，粗声大气地嚷，快点放肉，磨磨蹭蹭的，你看看到了几点钟，奶奶抬头看墙上的钟，又看爷爷的脸，他左右脸颊上各印着几道黑指印，弄得像一个唱大戏的。奶奶扑哧一笑，你个老家伙，你急个嘛，他又不是你儿子。奶奶笑吟吟地放肉加水。猪蹄坐在锅里慢火炖，奶奶才歇下来。

幺儿子起码要到下午两三点钟到家。她从昨天起就跳出跳进的，忙着抹桌子抹椅子，抹四叔的房间。床头柜，床的靠背，床的边沿沿，小书桌，书桌前的方凳，一个都不放过。她又去抹窗户，奶奶人矮小，踮起脚也够不着窗户最上边的棱子，她手上揪住一块大抹布在头上挥来挥去，挥灰，嘟囔道，这才有几长时间没住人，你们还为王为霸了，快点给我走，我儿子回来了。

猪蹄炖得肉香四溢了，爷爷端上"无产阶级工人万岁"搪瓷杯踱步去王老二店，扬声叫道，来一局。王二老问，老革命，你家老幺今天回来？爷爷微笑道，他不回来，在外面扎根？两人摆开了棋盘，爷爷执红，王老二执黑。开战初，爷爷就使出马踏飞日，王老二来了个飞象应对。爷爷不紧不慢喝茶，调他的马炮，动他的兵车，几回合下来，便呈十面埋伏之态，王老二只得弃车保帅。爷爷乘胜追击，一招炮辗丹砂，又一招双车错，王老二招架不住，渐呈败局之势。王老二盯住棋盘，皱眉不语。观棋的一圈人在一旁乱叫，指点江山，拱卒拱卒，飞象飞象。又有观棋人说，老革命今天咋的，牛气冲天。

王老二也就打着哈哈笑了，自我解嘲道，莫说我今天搞不赢老革命，今天你们哪个都搞不赢老革命，人家幺儿子今天带一麻袋子钱回来。大伙就起哄，怪不得哟，人逢喜事精神爽，老革命你要请客，这个要请客。爷爷冲着柜台招手，王老二的老婆递过来一包白沙烟。屠户贺安良插上前去，接过烟，四周地发。说笑声论棋声一片，光亮亮，热烘烘，就像人人头上吊有一盏两百瓦的白炽灯。

突然，有谁拉下电闸，刹那间漆黑。观棋人，抽烟人，不抽烟人，一律无语。我四叔和我奶奶走到小卖铺边上了，四叔在前，奶奶在后，隔着两个步子的空当。四叔的右边半截袖子又扁又空。贺安良回过神来，赶紧热情地吆喝道，北山回来了！王老二也吆喝，北山回来了。陈北山嘴角动了动，勉强一笑。我奶奶应道，回了，回了……她噎住了，抬手去抹眼睛。这时，大伙听到一阵哗啦声，爷爷的棋盒子倒了，棋在地上四处乱滚。一个"卒"滚到王老二脚后跟边，一个"象"滚进两块青石板夹缝里。爷爷手举当头炮，怔怔地看着空袖子。

4

小卖铺前的唾沫子四处飞溅：

怪就怪他拉二胡，拉拉拉，把条命都差点拉没了，幸亏那机器还长了一点眼睛。

听我外甥女说，外面厂子里苦得很。上个厕所都掐着表，拉尿一分钟，拉屎三分钟；还不是你想拉就拉的，没人顶你的位置，你就憋着。

人有三急，尿急，屎急，憋得住呀？

你以为一个月几百块是好赚的。我告诉你，条条蛇都咬人。

把条胳膊咬没了，这年轻轻的！

综合上述唾沫，看清楚了事实，四海电子厂的铁机器咬住了我四叔的右胳膊右手：3月12号，晚上十一点，机器停止轰鸣，男工宿舍女工宿舍里已经有人在打鼾了。他们能一挨上枕头就睡着。陈北山照旧洗净双手，提着二胡盒子去工厂最后面的院子。院子角落里堆放着废弃材料的边边角角。平日无人光顾，只有上面来人查环境卫生时，才清除掉。这儿离宿舍远，拉二胡不大影响工友们的鼾声。拉一小时二胡是陈北山的每日必做。除非当天夜里加班到早上八点，八点又连轴转到第二天早上八点，只有拉尿拉屎的三分钟。那天晚上，四叔拉完二胡回到床上，已是夜里十二点半。13号早上六点钟，各岗位上的人各就各位。购买方要货急，今天提前加班。工人们呵欠连天，口张得老大，像要把轰隆隆声吞进肚子里。四叔不打呵欠，在他看来，扯着下巴，张着大嘴巴，实在是太不体面了，配不上他的二胡。他觑起眼睛，盯着眼前的成型器。成型器压下来时，他应该快速移开手臂，进到下一道流程。那天，我四叔陈北山魔怔了，就像有个鬼按住他的胳膊，动弹不得，要把胳膊送给成型器吃。

厂里作息制度规定的明明白白，他遵守了吗？是我叫他拉二胡的吗？工人就得有工人的样，哪个叫他天天拉二胡拉二胡。我给你们讲，他这样的人，以后没有哪个厂子敢用他。三魂丢了两魂的。在当月的安全日会上，电子厂厂长连连发问，为我四叔陈北山丢掉一只胳膊寻找逻辑。有一个女工红着眼眶，低头掐自己的手指甲。在某个万念俱灰的晚上，这女工一个人在夜里走，走走走，听见了二胡声。一声一声哀怨，如同她此刻的倾诉。她的男朋友，也就是厂里的保安向她下了分手通牒。保安在厂里算得上一个热馍馍，实权派。去厂里找事情做的人，第一关得过保安关。保安看你不顺眼，你就不顺眼，揣着你的暂住证灰溜溜走人，丝毫没有机会进入到工厂人事科挑选这个环节。当初，她就是保安挑中的。保安可以挑中所有看顺眼的女工。那一晚上后，陈北山再到角落里拉二胡，就有一个姑娘坐在他看不见的黑暗里。二胡声哀怨，忧愁，深深长长，缠缠绵绵。

听说后来也有一个男工去听了夜半缠绵。听得又是佩服，又是莫名其妙，你说，一个人瞌睡都睡不够，怎么还有心思拉二胡。

5

这次，矿上书记、矿长、工会主席和人事股股长四个人一起来了。书记先说话，老区长，您看看，这几个岗位。矿长接上话，说职工浴室、职工电影院还有职工工会，北山到那里只负责卖卖票，其他的就不用管了。爷爷笑了笑，爷爷的笑比哭还难看。他的眼窝子全陷下去，深陷下去的眼窝装得下一口井。四叔回矿后，爷爷不吃不喝，窝在床上躺了三天。奶奶拈着衣角擦眼泪，低声说给矿上找麻烦了。

北山啊，你想到哪个岗位上，都可以啊。爷爷抬起头，正眼望着幺儿的脸。先前不是这样的，先前爷爷总是拿白眼珠子瞪他。幺儿既然吃不得苦，耐不得劳，就配不上爷爷青眼相待。

我到井下去。四叔说。

你这……奶奶看着四叔的空袖子，眼泪又下来了。

不碍事的，我慢点做。四叔微笑着，看了一眼爷爷。爷爷垂下头，一大绺花白的头发跌挂下来。

独臂四叔下井搬石膏，属于一桩血泪控诉史。四叔残缺的右半截手臂磨损磨破，流出鲜血，结出血痂，再流出鲜血，结出血痂，循环往复一个多月，奶奶就哭了一个多月。哭她的儿心比天高命比纸薄，哭她的儿天下第一孝子，他这么死撑着为的是哪番，为的是长他爹娘的脸面。陈长发，你叫矿上的人看看，这是不是空心萝卜？哭到极致，奶奶会戳着爷爷的眼窝子发问。然后，她手一抹，一把眼泪鼻涕甩到爷爷脸上。陈长发，当时矿里要把北山调到井上来，你拦啦，阻啊，你瞎了眼睛啦，你看不到有今天啊。

爷爷不吭声，只是埋头搓洗一只长袜子。四叔下井干活，把它套在右半截手臂上，减缓与石膏的摩擦。等他搬完一天石膏，袜子上面已叫汗水灰尘血挂了厚厚的浆。奶奶抢过袜子，在地上摔打，陈长发，你这是洗给谁看，你洗破天，也洗不出我儿子的好胳膊来。

打我有记忆起，爷爷就是个大老爷大甩手掌柜，灶台上油瓶子倒了他不扶，晾衣绳上衣服晒烂了他不收。现在爷爷却包揽了家里所有的洗洗抹抹。四叔的手套、工装服、绝缘鞋、安全帽、饭盒，还有四叔房里的床头柜、桌子、椅子，全是爷爷的工作对象。它们被爷爷抹得闪闪发光，干净得要去献给玉皇大帝做供礼——除了那个二胡盒子。爷爷第一次去抹柜子时，他抹到柜子第二层，很快把手缩回来，像被火烫着了。二胡盒子就搁在上面。后来，爷爷再去擦柜子，直接绕开第二层。不多长时日，二胡盒子上面蒙了薄薄的尘埃。

四叔也不去碰它，任它孤独地呆在那里，寂然无声。有一次我拿抹布要去抹上面的灰。四叔拽住我的手，眼神定定地望着第二层柜子。我心里发软发痛，我说四叔，你别这样。他收回眼神，沉吟半晌，说不要动它。他神情淡然，看不出任何风吹草动。

重回五矿的四叔在井下干活时，仍是说笑的，保有昔日陈活宝的风范。等下班回家，褪下胳膊上的袜子，四叔就成了哑巴。他和邱林子一样，埋头在电视里，只不过看的是音乐频道，有时是外国女人，张着大嘴巴，在那里"啊啊啊"拉长音，有时是一群人聚在一个大厅里，拉二胡的，吹长笛的。人都不说话，只有乐器在响。奶奶路过四叔的房门，踮着脚，小心地走。

爷爷去宝峰寺的日子更多了。他的脸愈来愈灰，颧骨突起如坟包，仿佛在奈何桥上走过了十几次。没有人知道寺庙屋檐上的乌鸦，听见了爷爷和老和尚有过哪些言语。过了一些日子，翟家湾的翟老头也去了宝峰寺，这倒是可以确定的。有人看见爷爷、翟老头还有老和尚，三个白了头的人围在观世音菩萨身边拨弄一把二胡。再过了一个多月，菩萨身边响起深深长长缠缠绵绵声，弓弦在老革命陈长发手上。那声音时而激越，时而沉郁，时而又激越又沉郁，解不完的死结。

有一天，贺建斌神神秘秘告诉我，他去给刘富有送汇款单，路过老革命家，看到了特别的一幕。

我说，我爷爷杀鸡拉二胡？

贺建斌说对，又不全对。

我说，我爷爷拉得眼泪流，边拉二胡边流眼泪。

贺建斌说，再猜。

我说，我猜不出来。

贺建斌说，你四叔坐在一边，抬起左手，正轻轻地一下一下拍打桌面，为你爷爷和着节拍。

【补录三】

2007年12月31日，北风呼啸，天上布满铅重的云层。一场大雪将迎接崭新的一年。我坐在东莞至武汉的火车上，再武汉至清宁市，清宁市再至清宁市膏矿五分矿。我回去见一个弥留之际的人。

我恨我长不出一双翅膀。

深夜十一点零三分，我头顶雪花，跪在了他面前，我身边跪着爸爸、二叔、三叔、我的堂兄弟们。他被挪放到铺了稻草的地上。人剩下最后一口气时，得挪到地上，地上铺草，这样去阴间的路才平平坦坦。我爸陈东山两天前去翟家湾，弄回一大捆干稻草。

微弱的一口气尚在他胸腔里悠着，不肯断。这么冷的天，他睡在地上不冷？我去摸他的手，冰凉凉的。我把这冰凉的手紧紧地握在掌心里。屋子里悄然无声，我们屏住呼吸，恭候死神的到来。尊重死神就是尊重我们的亲人。

空气凝固，恍若死神立在每个人头顶上跳舞。突然的，我的掌心有了丝动静。大家盯住它看，那只被我握在掌心的手，拇指在打战，微微地颤，然后，轻轻地扣在我的大拇指上。

这是他最后一次牵我的手。

他牵我的手去宝峰寺，给菩萨擦身上的灰。

他牵我的手去五矿陈列室，指给我看他披红挂彩的北京相片。

我辜负了他，成为陈家继陈北山之后的又一个逆子。我比陈北山还要大逆不道，高中二年级就混进了青石帮。我要去打架，要去喝酒，要去跟在老大邱红兵屁股后面做小喽啰。他的铁指头戳着邱红兵的额头骂，我的个小祖宗啊，你就不能让我家栋梁把高中读完？

读完高中，我下井，搬石膏，充填，打桩，打炮，光荣执行一名井下工人的使命。然而，作家这个名分让我再次背叛了他。他不知道作家是干什么的，更不知道工厂作家是什么东西。他问，你写几个字，别人就给钱你？一个字赚几多钱？我说不是一个字一个字地赚，是一千字多少钱。几多钱呢？他追问，你卖字换来的钱在外面吃不吃得饱，住在厂子里能不能写字？老婆子，把存折拿过来。他点着存折上的数目，拿去，在外面吃好，吃饱，不要饿肚子。

2007年12月31日夜，十一点三十五分，这个叫陈长发的人松开了我的手。矿上那些老邻居无限地羡慕，老革命有福气啊，活到八十四，不疼不痒地走了，一点罪都没受。死的时候，儿孙满堂。

有一个细节我不打算告诉老邻居。我想，老革命就应该是一个功德圆满的有福之人。

爷爷的拇指轻轻扣在我手上，他嘴唇微张，我贴紧他的脸。他艰难地叫出他留在人世间的最后两个字：北……山。

1993年9月19日，爷爷七十大寿这天，奶奶给已经分家出去的三个儿子下指令，要买三层大蛋糕，要买十万响的大鞭炮，搞得热热闹闹的。奶奶说，我还要请刘书记和秦矿长到家里来。爷爷说你把他们请来做啥？奶奶说，做啥？喝酒。爷爷说自己不会喝？奶奶说，自己和自己喝，谁不会喝，要喝就和像模像样的人喝。奶奶气恨过书记和矿长。小儿子陈北山要不是被他们做成空心萝卜，就不会外出闯世界；不外出闯世界，他就不会丢一只胳膊；不丢一只胳膊，他就不会井下搬膏，搬出一汪血泪史。

奶奶得把这一页翻过去。

这天晚上，陈家大儿子陈东山、二儿子陈南山、三儿子陈西山和矿上像模像样的两个人喝光了一坛酒。这坛酒，从它出生活到现在，活了十二岁。说到这坛酒，也是爷爷的伤心事。我上小学一年级那年，爷爷在邱国安的酒坊子里买了十斤刚酿出来的酒，特意搁置在床底下。我上初中了，爷爷说栋梁，你要是考上了清宁一中，爷爷就把这坛酒拿出来喝。我没有考上清宁一中，我只考了个本矿的子弟高中。爷爷说栋梁，你要是考了大学，爷爷把这坛酒喝光。

奶奶搬出这坛酒，爷爷什么话也没说。我把他的大学梦打破了。奶奶说，考不上大学又怎么样，你担心老天爷不赏饭我家栋梁吃？天底下哪一根草没有活命的露水？你操多了心。奶奶眉头直皱，老家伙，书记他们是来喝酒的哈，你莫像哪个人欠你八百两银子的鬼样子。

秦矿长举起酒杯，北山，来来来，我们喝一个。我四叔陈北山说，我今天夜班。秦矿长说上不了了上不了了，今天的夜班我帮你请假。刘书记喝大了，舌头都伸不直，他晃着手指头，秦……秦矿长，陈北山不……不只是今天不上夜……夜班，他天天……天天不上夜班，他不上井……井

第三章 活宝陈北山

下班。他的手指头又晃到爷爷鼻子前面，老……老革命，你说……你说是不是？爷爷红赤着脸，像个煮熟的大虾公。秦矿长瞅着四叔的右半截胳膊，说陈北山，你听到没有，明天啊，明天调到井上来，你这个样子是在扇我和刘书记的脸哩。

奶奶端上最后一碗梅干菜蒸扣肉，摆在桌子正中间。她拍了拍围裙，说，我老太婆来敬一杯，感谢书记矿长对我陈家几代人的好。她拿过爷爷的酒杯，一仰头，二两酒直接倒进了嘴里。刘书记连忙扶着桌边站起来，您看……您，这……这怎说的，我们受……受不住。

10月份我穿上深蓝色工装，以陈家第三代矿工下到井里，四叔陈北山已经在运输线上的电机房里上班了。开电闸，关电闸，只用一只手就对付得了。消灭一坛酒的那个晚上，爷爷醉得不省人事，眼角边却是眼泪汪汪的不停地流。奶奶给爷爷擦泪，自己也流泪。奶奶说，北山，莫要再怨你爸了。四叔用他的右半截手臂抵住火柴盒，左手去划火柴，划燃了，他吸上烟。烟头上的火苗子一闪一闪，像鬼火。那天晚上，鬼火闪了大半夜。第二天，四叔红肿着眼睛去电机组报到。

井下挖掘出的石膏从主井提升上来后，要通过地面运输线运到选膏区。选膏工人根据石膏的大小和颜色分类堆放，并把附着在青石膏上的小块白石膏用锤子敲下来。白石膏用途大，价钱高。我们矿上主要产白石膏。选膏工人大多是中年妇女。敲呀敲，一个月可敲出四五十块钱，敲得最多的可敲到五六十块。虽然工资低，但活路轻松。矿区周围的农村妇女视选膏工为一美差。

十五辆翻斗车在轨道上平稳运行，扬起的膏灰蒙住四叔。他会等到最后一列翻斗车通过，然后去机房旁边的水龙头那里洗脸洗手，洗到看得见左手背上浅蓝色的青筋。

这天下午临近下班，运输线上最后一列翻斗车快要抵达选膏区了，最前面三辆翻斗车却突然发了疯，失了控，在轨道上左晃右荡，眼看就要坠落下去。一个人冲进了控制室。待惊慌失措的选膏女工稳住心神再看，控制室里电光四溅，操作工陈北山倒在地上。

"陈北山，陈北山"，机电组组长刘青松一边死劲按压四叔的胸部，一边大声叫他的名字。他不应。紧急往总矿医送，还没进医院的大门，四叔的心脏就彻底停止了工作。大伙儿说我四叔冲进控制室时，左手还没有洗干净。

第四章　三白眼和老六子

1

坟头上的草长出了一尺多长。

风吹草动,黄土不动,黄土中的陈北山不动。我的四叔陈北山确实死了,他仅剩下的一只左手,也死了。我靠着他隆起的坟头睡了一觉。清脆的竹板声啪啪啪地响,"打竹板,心里甜,欢欢喜喜走上前。走上前,行个礼,我给栋梁道声喜。"我睁开眼,只看到了太阳。太阳垂挂在西边天上,红肿着脸,像一个哭丧人。

我丢了魂,魂和四叔一起埋进黄土里。

我丢了魂,我便不能看到另外一些人,也会去丢掉他们的魂。谁都有丢魂的时候,魂是很脆弱的东西。你不丢魂,是因为在这世上,你以为你是王,这世上唯一的王。

青石帮老大邱红兵就是王。

在五矿,邱红兵是个不可以轻易提及的人。他长着小眼珠子,小黑豆那么一丁点,靠近眼眶最上面,除此,眼眶下面，左面，右面，三面全是空荡荡的眼白。叫人看了瘆得发慌。老六子在他面前，从没敢把头抬起来过，后背却是一阵一阵渗冷汗。

老六子第一天进到矿上时，邱红兵嘴里正嗷嗷有声，如一匹劣马脱了缰，把我们冲得人仰马翻。邱红兵体壮，吨位重，"撞拐子"混战中，邱红兵的膝盖撞上谁，谁就只有倒地的份。眼见他侧着身子向我这边冲过来，我见势不妙，连忙后退。可是迟了，邱红兵跳起来就是一撞，我一个趔趄，四仰八叉跌在地上。邱红兵稳稳抱住膝盖，立在球场中间，来啊，谁上？上！他叫嚣道。

这时，工会主席贺长庚从矿办公大楼那边走出来，身后跟着一个黑黑瘦瘦的成年男人。黑瘦男人身后又紧跟着两个女孩一个男孩。一个比一个高出半截头，渐次排下来，排成一列纵队。他们肩背手拎的，布袋，塑料袋，麻袋，花花绿绿共计八个袋子。我们正在惊诧此列纵队何方神圣，贺长庚已径直走到邱红兵面前，说，邱红兵，回家呀。邱红兵扫了一眼逃荒队，仍是单腿站立。卖猪肉的贺安良瞅见贺长庚身后四个人，高声招呼道，贺主席，家里来客了？贺长庚说，贺好枝家的。哦，贺好枝家的啊！贺安良顿了顿，想起什么似的，又说道，好啊，好，欢迎欢迎。黑瘦男人慌忙放下手中的麻袋，从口袋里掏出一包烟，小心抽出一支，双手递给贺安良，您抽烟，抽烟。他觍着脸笑，鞠躬，又往身后一转，去拽那个男孩子。男孩子身形细，瘦，如同一根没有发育好的豆芽菜。一双冻得生疮的烂手，左右手开弓忙着擦鼻涕。黑瘦男人把豆芽菜拽到贺安良面前，我家老幺，他说。仿佛这豆芽菜是他带来的一个见面礼。矿区嘛，要的是劳动力。豆芽菜长到十七八岁，下个井，是铁板钉钉的事。老幺鼻涕一抹，头一缩，闪到他爸身后了。

你过来呀。黑瘦男人低声呵斥道，一把拽过来老幺，推到邱红兵面前，哥哥，叫哥哥。这样，男孩子就要仰头。他一仰头，"哇"一声，大哭起来。

他看到了邱红兵的凶眼睛。

邱红兵的亲爸还活在世上时，没有人发现邱红兵的眼睛凶。再说，一个孩子，就算长了一双凶眼睛，又能凶到哪里去呢？他无非是仗着个高，力气大，成为我们这帮小子的老大。可六岁那年，邱红兵的亲爸死了，他的眼睛开始显出了凶光。他看着你，你觉得一股杀气扑面。他要是瞪起眼，更是杀得要死，要一口把你吞进他眼睛里。

"花喜鹊"花想姣说，这样"三白眼"的伢，长大了是个狠角，性子硬，不好惹。我奶奶叹了口气，说这伢啊，命苦，性子不硬怎么活。

邱红兵先后失去过两任爸爸，第一任是亲爸，矿上运销车队的货车司机。矿上至清宁城火车站这条线路，他跑得烂熟了，闭着眼睛都知道一路上哪里是坑，哪里是坎。哪曾想，有一天他醉了酒一样，东扭西歪，撞断路边的护栏，一头扎进了清宁河。第二任是后爸，那天他正在井下装车，顶上的岩石突然发力下坠，直径二十多公分的粗柱子被压弯压折。身旁有人大吼一声"快跑！"他一愣神，再抬脚往外跑时，已来不及了，石头坠下来，他半个脑袋被拍进了脖子。

两任爸爸一同上小学中学，同一天成工人，一个运膏，一个挖膏。前者曾开玩笑，兄弟，要是哪一天我出点事，你可得对你嫂子好。另一个笑嘻嘻地说，你放心，我全盘接收。矿区里，工友间是不大忌讳谈死亡的，这种玩笑类似于托孤。不想，一语成谶。矿上便再无第三个男人有胆量做后爸，邱红兵的妈贺好枝也就一直寡着。

贺好枝南瓜子的脸，柳叶子的眉，腰不过二尺。贺好枝寡居的日子里，也有男人不怕死，在花想姣的带领下，寻上门来看个究竟，可看来看去，还是止了步。据说止步于邱红兵。邱红兵瞪着的那双眼睛，让他看上去像一把愤怒的猎枪，随时要人的命。贺好枝门前，车马冷落了一些日子，直到刘先道带来一列纵队。

黑瘦男人刘先道，贵州赤水县人，原本要来矿区做工人的。工会主席贺长庚鼓动他和贺好枝打电话，写信。如此一来，刘先道一身兼两职，矿工和贺好枝的男人。

贺好枝家已有三个同母异父的孩子，加上刘先道带来的，家里乌压压六个孩子。在这个重新组建的家庭中，四个女儿两个儿子年龄排序，长子邱红兵仍是排行老大。刘先道把擦鼻涕的老幺拽到众人面前，我们家老六，老六子。

2

邱红兵说，纳维斯。

邱林子说，斯纳维。

邱红兵说，格老子，我说纳维斯就是纳维斯。邱红兵把左胳膊从衣服袖子里脱出来，小臂折叠靠向肩膀。看，就这样子，断臂的纳维斯。邱林子不服气，咕哝道，眼见为实，去找老六子。

找就找，一下班青石帮便杀向石膏制作工艺厂。沿路的大货车扑了我们满头满面的灰，头发上也是。到了工艺厂红色厂房门口，邱林子把工作证一晃，喂，我们五矿的，找老六子。老六子？门房大爷拦住我们。老六子就老六子。邱林子说着，踮脚向厂里望。门房大爷说老六子是谁呀。邱林子给堵住了，我们一直习惯叫他老六子，至于老六子的具体姓啥名啥，还确实弄不清楚。邱林子望了一眼邱红兵。邱红兵说，刘……刘雄文。对，刘雄文，我们找刘雄文。邱林子粗声粗气的鸭公大嗓门引来两个女工的注意。她们从仓库门口探出头来，一个朝我们这边看了一眼，另一个抬起右手捂着嘴巴扑哧笑了。邱红兵低声喝了句，注意点形象。

老六子刘雄文正在勾勒一袭裙衫的纹理，一条一条弧线流水般漾开。裙衫斜斜地挂在一个女人的白胯上。一个外国女人，裸着上半个身子，鼻梁高高的，眼睛又大又黑，头颅微微上扬，有些妩媚可亲，又有点莫名的庄重。老六子低头时，他的额头几乎碰在女人的白奶子上了。

哧，什么纳维斯。你看，断臂的维纳斯。邱林子指着石膏像旁边的一个牌子说。老大邱红兵受邱林子掐这么一句，心头不悦，沉下脸冲老六子恼道，格老子，你那天不是说纳维斯吗？我说是……是……维……维纳斯。老六子结结巴巴的。你说的是纳维斯。邱红兵眉毛一竖，两只眼睛里全是眼白，他拈起一团石膏泥对准外国女人弹去，正好弹在她胸前凸起那一块。青石帮的弱智儿憨憨季博文拍手叫道，奶子，奶子。季博文笑起来一副憨态可掬的样子。旁边几个工人见状便也吃吃地笑。老六子红了脸，别过头去看地上的石膏粉。一个学生模样的女工拿着一个莲花模型走过来，刘老师，你看这里。她指着莲花的花瓣部分。老六子接过模型，顺手拿起身边一把"V"字形的美工刀。你看这里，我们要刻出花瓣的褶皱，得用斜刀。看准了，一刀下去，要坚决肯定，手不要打颤。老六子边运刀边讲解，他不看女工，只看模型，脸上却更红了。女工专注地盯住老六子运刀的手，红润润的嘴唇微微张开，好像要随时呼应老六子，哦，这样，呀，这样。她的脸浮起一层淡淡的光泽。

我们不懂这些，晾在一边也没啥意思，便在车间里晃了两圈。女工们花蝴蝶一样多，大多二十岁左右，曼妙的腰肢，好看的脸。那个学生模样的姑娘，束着高高的马尾辫，一个蓝色的蝴蝶结恬静地停歇在她头上。我们再转到老六子身边，他掌心上已经盛开了一朵清新的白莲花。

出了厂房门，邱林子啧啧地叹，哦嗨，狗日的老六子，怀里抱个美女，身边围着个美女，幸福哦。

哦嗨，哦嗨。季博文跟着傻叫。

邱林子捏着他的鸭公嗓子，模仿那个女工，袅袅婷婷走到老大邱红兵面前，刘老师，你看这里。

格老子，滚。老大推开邱林子，他边走边脱工作服外套，脱下来把外套往后一甩，潇洒地搭在肩上。他又几大步跨到厂房背后，掏出家伙撒尿，尿出漂亮的抛物线，抛得老远。

邱林子跑过去，也掏出家伙撒尿。老大，哪天我们再去工艺厂玩哈。邱林子的眼睛贼溜溜地转。

格老子,要去你去。老大瞪了他一眼,邱林子乖乖地闭上他的臭嘴巴,专心撒尿。

这个邱林子真是没眼风,没看到老大受了伤害,还在这里惹老大怄气。你想啊,新下井的矿工叫邱红兵啥,叫师傅,可人家老六子被叫作啥,叫老师。蓝色蝴蝶姑娘轻盈盈地飘向他,"刘老师,你看这里。"一个师傅一个老师,一个地上一个天上,这和邱红兵刘雄文在家中的地位大不一样。

老大邱红兵三采区割岩组组长,长得一身好膘肉,下井干活舍得下死力气,每个月拿一等奖金。身负家中主要收入来源的重任。老六子呢?长了十几年,还是根豆芽菜。我妈说土地公公施了定根法,把老六子定在地上,长不动。我奶奶说得更是让贺好枝哭不是笑不是。奶奶说,我们隔壁左右的可以证明,你家有吃的有喝的,你好枝没少老六子一份,那不知情的还以为你是个真后妈。贺好枝说,您王婆婆是个明白人,给我说公道话。这么多年,我用白米饭就是喂一块石头,石头也要喂大。豆芽菜在膏矿工艺厂上班,工资只有邱红兵的三分之二,每个月却还要支出一笔钱,买画笔买纸板买画布。

3

去工艺厂后过了两天,青石帮去老六子的宿舍。老大说,我让老六子给你们一人做一个纳维斯。邱林子说老大,是维纳斯。老大瞅准他,你是不是不想要?邱林子连忙说要要要,要纳维斯。

老六子正在宿舍里画画。他拿着一把排刷,蘸了绿色颜料,在画布上挥去,挥出一张绿色桌布。排刷又蘸了红色,三挥两挥,挥出一只苹果。确实是一只苹果,饱满、安静,富有光泽。我摸摸画面,大块颜料,凹凸不平,凹凸中间透着光线的明明暗暗。

我们从老六子口中知道了这是一只油画苹果。静物油画,老六子说,油画,顾名思义,它的颜料是油质的,非常的厚重,可以画在布、厚纸板上,或是这样的木板上。老六子敲了敲竖在床边的木板。老六子连续启用了一些短句子,他解释油画时一点也不结巴。

矿工帽子,矿灯,铝制饭盒,黄球鞋,书,椅子,大半边南瓜。老六子宿舍墙上挂着的,地上堆着的,都是这些玩意。一个个真真切切的,伸手可触。我们把这帽子一戴,鞋子一穿,拎着个饭盒就能下井了。

牛×呀,牛×。邱林子将那张矿工帽子油画顶在头上，直夸老六子。

参观啊，随便看。咱老邱家有的是人才，老六子，都拿出来给他们开开眼界。邱红兵架起二郎腿，右手挥来挥去。邱红兵这句话有些不在理。如今，他们家主事的男人叫刘先道，应当说咱老刘家。但你知道的，我们不能纠错。他的"三白眼"一瞪，我们噤声不语。要语，也只能是牙齿和舌头磕磕绊绊，又多出一个结巴老六子。

老六子不是个结巴人，但只要一和老大邱红兵说话，他就结巴。

老六子在技工学校上学时，遇到了两个小混混勒他的钱。混混手一伸，拿过来。老六子掏空了身上四个口袋，只掏出三块五毛钱。一个混混扬起胳膊，顺手就是一猛巴掌，明天交十块钱。老六子青紫着半边脸进门，正巧邱红兵下班回家。么回事？邱红兵把矿工帽扔在桌子上。老六子低着头不答。邱红兵双手按住老六子的肩，用力推搡几下，给老子把头抬起来，说，是么回事？老六子抬了头，别人……人，要……要钱。邱红兵眼里又是鄙夷，又是愤恨，还有怒其不争。第几次了？三……三次。邱红兵咬牙切齿道，你不晓得说你是我邱红兵的兄弟？

邱红兵跟在老六子身后，往指定地方去，邱红兵左手拿着一团鼓鼓囊囊的报纸。混混们正歪头斜脑靠在电线杆上。邱红兵也不言语，弯腰放报纸，再头一低，胳膊一

第四章 三白眼和老六子　97

弯，脱下灰毛衣，一身赤膊，横肉闪闪。一条文身龙在肉上飞舞。不等混混们分清龙头龙尾，邱红兵再一弯腰，捞到报纸，扯开，扯出一块砖头。混混们捏紧了拳头。邱红兵举起砖头，照准自己的额头，砰。红砖一分为二。混混们还没缓过神来，邱红兵举起二分之一砖又照准了自己的额头，砰。血流出来，沿着他的鼻子，上嘴唇，下嘴唇，下巴，滴到地上。邱红兵伸出手掌在额头上抹了一把，他撮起嘴巴轻轻地吹，血向掌心四周缓缓流动。邱红兵觑着他的二白眼，轻声细语道，我，五分矿的邱红兵。混混们撒开腿就开跑。

老大邱红兵和老六子刘雄文，一个罩人者，一个被罩者，关系却又不像"我罩你"这样简单。对于刘雄文，邱红兵是又爱又恨；对于邱红兵，刘雄文是又爱又怕。说话结巴就是一个明证。如果老六子下了井，并且与邱红兵一个采区，老六子准会成为一个完全的哑巴。在邱红兵面前，老六子一开口就会结巴。幸而他做了一个手艺人。

老六子也活该是做手艺活的命。

说到这个命，绕不开贺好枝。让一根豆芽菜下井割岩，使电钻凿炮眼点炸药，她怕人戳她的后脊梁。后娘就是后娘，毒蝎心肠。贺好枝说老六子该去技校学门手艺。刘先道拍着工作服上的膏灰，说，上什么学，和老大一起下井。贺好枝说，他学手艺能进工艺厂。刘先道说下井有下井补助。贺好枝说家里有你和老大下井。刘先道说三个比两个强。贺好枝柳眉一竖,要不,我也下井?刘先道就不吭声了。至于老六子怎么画上油画,用诗人贺小果的话说,艺术是相通的。他会用石膏粉做维纳斯,就会画油画。

哦,白莲花,邱林子惊叫道,他掀开一张南瓜画,南瓜画下面藏着一个姑娘。白底蓝碎花的连衣裙,乌黑的长发高高地束在脑后,发上扎着一个蓝色蝴蝶结。那眼睛,我看一眼,就认出来了。晶亮晶亮的,一潭清水般亮汪汪,眼角微微向上挑,含着笑。上次从工艺厂出来后,我们给围在老六子身边的四个姑娘打分,打了几个轮回,最终,一百分颁发给了这个穿白底蓝碎花裙的姑娘。邱林子叫她蝴蝶结。邱红兵说,格老子,没文化。邱林子说碎花裙?邱红兵瞪了他两三秒钟,吐出三个字,白莲花。

大伙凑上前评头论足,活了啊,活了。看看这眼睛,老六子,她眼睛里在说啥呀?邱林子问,你把白莲花关在你房里画了三天三夜?邱林子边说边用两个大拇指相触做着猥亵动作。

她没有到我房里来。

你到她房里去?

我没有去她房里。

她不是你的,你的那个模特吗?

不……不一定非对，对着人画不……不可。老六子急得结巴了。

嗨，老六子，你会不会画裸体的，就是你那个不穿衣服的纳斯维，维纳斯。

老六子看着白莲花不说话。邱林子拿起油画，嬉皮笑脸地说，你把她画成维斯纳，光屁股。老六子一听这话，一把把油画夺过去。哎哟啰，又不是个真姑娘，像个宝贝一样。邱林子把白莲花又抢到手里，他伸手摸了摸姑娘的嘴巴，又把手送到自己嘴边，啪一声响，做个飞吻。邱林子的手还要往胸口摸，邱红兵一脚踢到他屁股上，滚蛋，你个癞蛤蟆。邱林子没提防这一踢，身子向前一晃，跌坐在一旁的油画盘里，成了一个红屁股。

邱林子说，癞蛤蟆才要吃天鹅肉嘛。

格老子，就你想那美事。邱红兵瞪起凶眼睛，说，老六子，把画收起来，不给这些流氓们看。

呀呀呀，我们流氓，我们流氓。邱林子笑嘻嘻地举起油画，在房间里走了一圈，来，来，流氓们，来看，来看。我回头扫了一眼老大邱红兵，他眯缝着双眼，望着那幅画。我再仔细看去，看到一线温柔的目光，不偏不倚停留在白莲花脸上。

4

邱红兵压在球杆上的手微微地抖动,他的后背僵硬,身子紧绷着,完全失去了往常击球的流畅。我和林继勇趴在球台另一侧,喊着"进,进"。邱林子那边的拉拉队也在叫"黑8,黑8"。三局两胜,一比一平,现在关键一局,台面上只剩下黑球8。邱红兵深吸一口气,架起了杆子,杆头离黑球8很近,距离不到十厘米。全场寂然,等待这最后一击。"各位工友,现在是北京时间十七点三十分……"广播里响起播音员程美丽清脆的声音。与此同时,我听到"砰",球杆闪电般运向母球,接着"咚"。黑8飞起,落到地上。

我和林继勇几个拉拉队全给弄懵了,这可不是老大的打球水准啊。要知道,邱红兵可是代表膏矿出征,参加过清宁市的台球比赛。邱红兵出杆既准又稳,还狠。很多人喜欢找他较量两局。开台球桌的刘忠培老远看到邱红兵,就喊红兵,红兵,有人要和你开两局。在刘忠培旁边开录像馆的李拐子在一边帮腔,开两局,开两局。李拐子的拐杖在地上磕得直响,李拐子晓得只要邱红兵赢了钱,他的录像厅就有生意。《血在风上》《新男欢女爱》《僵尸医生》这些片子我们轮番看了个遍,都是邱红兵请的客。

今天下班后，邱红兵本来是要回家的，邱林子拉住他偏要打。我们这些手下想看录像，少不得怂恿老大战三局。一开局，邱红兵的球就打得心不在焉，与邱林子这个三流球手竟然打到共争黑8。我心悬了起来，担心他的球要打丢。果不其然，广播响起那一刻，老大邱红兵的手抖了一下，杆头挑起，把黑8击出了台面。

邱红兵掏出十块钱，扔在桌面上扭头就走。

花婶又带哪个姑娘上老大家相亲？邱林子问我。

不晓得，我说，你们看吧，我有事。

哦嗨，你也有姑娘相亲？邱林子嬉笑道。

我懒得理他。这家伙，一天到晚想姑娘。我向矿外走去，走到五矿与四矿的分岔口，看到老大邱红兵的背影。他从那边抄小路走过来，包着屁股的牛仔喇叭裤，松松垮垮的米白色西服。在矿区俱乐部跳个舞，去清宁城看场电影K个歌，在花想姣伶牙俐齿的撮合下去会某个姑娘，老大就这身行头，我们私底下叫外交服。尽管米白西服衬得邱红兵的黑脸黑得深不可测，但从整体上来讲，这身外交服还是把一个井下工人穿成了一个看得过眼的小伙子。

据说米白色外交服见过三次姑娘，均以没有下文而告终。一个姑娘害怕他的三白眼，一个姑娘嫌他家兄弟姊妹多，第三个？邱红兵嫌弃人家长得壮，像头母牛。好枝，你家红兵，你没有教他？母牛才会下崽。花想姣愤愤然。

花想姣真是生气，我的个妈天，他邱红兵这副鬼样，还有他那个家境，竟然还轮得上他挑三拣四。他那个样子，自己也不拿镜子照一下。要不是贺好枝今天三斤苹果明天五盒饼干往她家里送，她才懒得讨这杯喜酒喝。

今天这身外交服又是为了哪般？我拐过分岔口，远远地跟上。邱红兵埋头赶路，时不时拍拍衣袖上的灰。小路上，运输货车从我身后急速驶过。走到石膏工艺厂门房旁，邱红兵停住脚步，我赶紧闪到一棵大树背后。邱红兵拍了拍头发，又摇头，抹脸，抖身上的灰。

铛，铛铛，铛，铛铛。挂在门房屋檐下的闹铃响了。石膏工艺厂下班的时间到。邱红兵扯了扯衣角，挺直了背脊。过了上十分钟，还没见工人们出门。邱红兵抬头望了望天空，晚霞染红了天边云彩，夕阳照在厂房红墙上，一片祥光。邱红兵搓手，低头，小步子来回走动。又过了几分钟，一个男工第一个走出厂门，开，开，开个猴子会，搞这么晚。他嚷着跨上自行车，一溜烟跑了。接着出来一群姑娘，我使劲瞅了瞅，没瞅到那朵白莲花。人快走尽了，老六子才和韩厂长一起出来，他用手比划着啥，韩厂长认真听着。老六子没料到他哥站在厂门口，脸唰一下红了。邱红兵上前一步，向韩厂长伸出手，您好，您好，我是刘雄文的哥哥，在五矿上班。韩厂长笑呵呵地握住伸过来的手，你这兄弟，行啊，我们厂里新产品设计都靠他！

老六子在前，邱红兵在后，两兄弟一矮一高一白一黑走在灰扑扑的小路上。邱红兵向厂房那边回头看了两三次。那里空无一人，夕阳落了，黄昏降临。厂房旁边，一棵郁郁葱葱的香樟树上，停歇着一只孤单单的麻雀，孤单单地叫。

5

贺好枝开始了频繁地走动，她提水果提饼干去花想姣家串门。有一次直接提了一双皮鞋。贺好枝说，我的姐呀，你也晓得我家的情况，孩子一大串，男伢没有娶，女伢没有嫁。我和先道头发都愁白了。老大红兵这伢，矿上和他年纪差不多的，人家孩子都会打酱油了。想姣姐，辛苦你多跑几趟路。

花想姣说你儿子嫌人家姑娘像头母牛嘛。贺好枝赔着笑脸，我的姐呀，红兵那儿，你不是不晓得，就一个苕货，他晓得个鬼。女人长得壮实命好啊，像我，这命。贺好枝说着，脸上挂了悲戚色。

花想姣看到悲戚色，连忙说，好好好，我去找，我去找，谁叫我花想姣心软，听不得人说三句好话。贺好枝起身，要告辞出门。花想姣说，好枝啊，有一句话，不晓得该说不该说。

贺好枝连忙把笑堆满脸上，想姣姐，你说。

花想姣就说了。花想姣说我们工艺厂的姑娘们，人家眼光高得很，不是随随便便交个朋友耍一耍的。贺好枝尴尬地笑，说，那是的，那是的，人家条件好，我们家想都不要想，高攀不起。花想姣说，你家红兵，天天往我们厂里跑。

唉……他接他兄弟老六下班。

他们弟兄俩蛮亲热哈。花想姣笑道。贺好枝听出那笑声里分明是十分的嘲笑。她抓住花想姣的袖子，我的好姐姐，红兵的喜酒你一定要喝。附近农村的也行，你看翟家湾王家湾哪家有合适的姑娘，

这些天，两个儿子一前一后，走在街道上，走得贺好枝心里发慌。

邱红兵跟在老六子身后，沉默着脸，倒真成了一个保镖样子，一个身穿外交服的保镖。让我担心的倒不是老大这保镖样，是他一个人呆坐在渣堆上。

出矿区大门直走一二里路，再往左边拐，是一个大山坡。这块地方本来是块平地，一车车的石膏渣子石膏灰成年累月地往这儿倾倒，渐渐地堆成了一个山坡。山坡的斜前方正对着石膏工艺厂。邱红兵坐在高高的渣堆上，闷着

头抽烟。

老大。我小声叫他。烟灰落在膏灰上,他没有应我。他看着地上的石膏灰,一只脚在上面划着。

老大。我又叫了一声。

他回过神来,扭头看了我一眼。

你在这里呀。我无话找话。

你跟着干嘛,格老子。邱红兵猛抽一口烟,把烟头弹到山坡下。

我……我坐一下。我没话可说。老大不提起啥,我就不提起啥。我挨着邱红兵坐下。货车在公路上急驶,漫天的灰尘中,石膏工艺那幢红砖厂房也雾蒙蒙的。铛,铛铛,铛铛。挂在门房屋檐下的闹铃又响了。男男女女一群人拥出来。全都雾蒙蒙,看不清。邱红兵一直就那么看着。一双眼睛略略垂下,眼神里的凶劲弱了几分。

他脚底下,划出一朵莲花。

6

1995年9月11日这天,整个五矿沸腾了。

两列锣鼓队一大清早就在矿区大门两边吹吹打打,门楣上拉着大横幅:"欢迎英雄凯旋"。清宁市的领导,膏矿总部的领导，秦矿长，刘书记，个个西装笔挺，站在横幅下。青石帮这天把白班都调成夜班，专为着庆祝老大邱红兵。

邱红兵身着米白色西服给兄弟们发烟。邱林子说老大，老六子牛！邱红兵假装生气，鼓着眼睛说我邱家的人有不牛的？邱林子做了个鬼脸，说老邱家，牛。邱红兵给我们发烟，还给横幅下那群人发烟。我们都暗自称奇。老大最不喜欢和当官的打交道。他敢当着秦寿生矿长的面叫他禽兽生。老大发烟发到一个领导面前，秦矿长给那人介绍，这是我们割岩组组长邱红兵，刘雄文是他的弟弟。领导拉长声调，哦，你弟弟？邱红兵说我们家老六。领导竖起大拇指，说不错，不错，为矿上，为我们清宁市争光了。

从北京载誉归来的小轿车停在了大门口。先走下来石膏工艺厂技术厂长王碧春，接着是老六子刘雄文。两人身披大红花，一人捧着一张大奖状。人群响起热烈的掌声。刘先道嘿嘿地笑，眼珠子一错不错看着他的小儿子。

为祝贺第四次世界妇女大会在我国北京怀柔召开，我们矿上石膏工艺厂特意为妇委会秘书长蒙盖拉夫人制作了一尊高四十厘米的半身塑像。主创人王碧春，助手刘雄文。现在他们手上捧着的奖状一张是第四次世界妇女大会中国组委会颁发的，一张是全国妇联颁发的。

领导讲完话致完辞，笑容满面问秦矿长，你刚才说工艺厂还特意为他们准备了礼物，是什么好礼物。秦矿长说好嘞。他回头一招手，白莲花出来了，双手举着一个蒙着红绸布的匾额。只见她一件乳白色的毛线长裙，腰间系一条细细的绿色绸带，头顶上仍系着蓝色蝴蝶结。

　　秦矿长说王市长，请您揭匾。王市长拉下了红绸布，"匠心达四海，雕艺写豪情"，匾额上的大字金光闪闪。

　　接下来是拍照留影，拍照的人说挨近点挨近点。白莲花往刘雄文这边挪移了一点。拍照的人说还挨近点还挨近点。白莲花脸上布满红晕，笑着不挪步子。秦矿长喊道刘雄文你这小子，你不晓得往这边挪一点，扭扭捏捏的，比个大姑娘还害羞。刘雄文红着脸挪了两步，和白莲花肩并肩站着。秦矿长说你帮王小翠把匾举起来呀，你好意思叫人家一个姑娘伢举。刘雄文便举匾额右边，白莲花举匾额左边，俩人将匾额端端正正举到胸前。"咔"拍照人按下镜头。人群又响起一阵掌声。站在我身边的邱红兵拍得最响，他拍着拍着，低下头去看地上。花想姣说这刘雄文一个才；这王小翠哩，一个貌。她说着，意味深长地去看邱红兵。邱红兵还低着头看地。

　　刘雄文和王小翠的"郎才女貌"照拍完不到十天，邱红兵申请去了总部运销车队。车队的老师傅原先都是邱红兵爸爸老邱的同事。邱红兵的加入让他们欢欣鼓舞。当天晚上，运销车队摆了一桌酒，凡是不出车的司机都一杯两杯酒下肚，热烈欢迎邱红兵。贺好枝哭湿了枕头，想起了许多年前那辆冲进清宁河的大货车。她发过毒誓，她宁可她的子女讨饭，都不准去当司机，特别是货车司机。

邱红兵去车队后两个月，老六子宿舍遭了小偷，其他东西原封不动，只是人物油画白莲花没了踪影。邱林子说我打赌，肯定是老大拿走了。我说，老六子会画，一画一个，老大让他画，他敢不画？犯得上去偷？邱林子吐出一个漂亮的烟圈，仰头说道，你的脑袋被门夹了吧，你搬起脚趾头想想，老大会让老六子画？我告诉你，兄弟是兄弟，女人是女人，两个东西碰到一起了，麻烦得很。

我不相信邱林子的话，跑去总部运销车队，偷偷察看邱红兵的宿舍，宿舍里根本没瞧见白莲花。邱林子说你真是个苕货，比季博文还苕，老大有必要把画搁在宿舍里让大家看吗？老大跑长途，出了矿，上了路，几百里上千里的路，白莲花放在车上，他想怎么看就怎么看。邱林子说得唾沫纷飞，就像他要当我们老大一样威风。

我们没见到老大邱红兵很久了。

青石帮在新老大林继勇的带领下，步行去清宁城喝酒，K歌。身后开来轰轰轰的货车，我们会在路边站定了，等着车开过来。五十米，三十米，十米，车越开越近，我们要看几眼坐在驾驶位上的人。

有时那个人是邱红兵,有时那个人不是邱红兵。

【补录四】

2017年5月28日,在A市精神康复中心大门口,我等到了邱氏公司老总邱红兵。他没带司机,自己开车来的。

梁子,你帮我沟通好了?他一下车就伸出胳膊,作出要握手的姿态,我打开他的手,嘲笑道,得得得,搞得我像是你的上帝一样,我可没生意和你邱总做。他笑,我不是着急嘛,院长同意了?我怼他,不同意我让你来?

我请院长喝了一餐酒,送了两条黄鹤楼。院长说人来了先见见再说。

姓名?

邱红兵。

职业?

嗯,企业法人。

什么原因要到这里来?

邱红兵看坐在一旁的我。我说我讲过的,你再给院长讲一遍,你自己讲。

邱红兵就讲。讲完了,院长说我们这里没有这种先例。

院长，我只住个十天半个月，保证不影响医院工作。您啦，就当我是住院病人，我马上办入院手续。至于家属签字，陈栋梁可以签。

稀奇。院长嘀咕一声，眯缝着眼，仔细瞅了瞅邱红兵。邱红兵的"三白眼"很柔和，一点也看不出一个资产过亿老板的骄横。

难道医院不欢迎我们这类具有高度自知力的病人，非得要发展到不可控制才住进来？邱红兵调侃院长。

我有朋友想到精神康病院来住几天。我请院长喝酒提出这个要求，他满脸狐疑，陈老师，你在和我开玩笑吧，哪有到精神病院休假的，疯了。要不然，就是你想虚构一个小说？莫这样虚构哦。嗨，这个院长真是一点文学常识都没有，小说当然是虚构的，他竟然说什么莫要虚构小说。我没有虚构，大老板邱红兵来精神康病院，确确实实是为休个假，不是为了钱。

关于钱，邱红兵给了我很多启蒙教育。

钱？你以为钱是什么？两栋别墅，三块"劳力士"，一架私人飞机？No! No, No!（邱红兵会说几个英语单词，如 No, love, I love you）那是不尊重钱。钱的本性是个么东西，是个活物。它得跑起来，动起来，得投资。搁在那，一百万就只是一百万，一摊死水。动起来，动，一百万就升值一千万。再说个你们作家听得懂的，钱要生钱，怎么生，复制粘贴。复制，懂吧。你写小说，写一段2000字的，复制粘贴一次，4000字。

前些年，邱红兵和我一聊到钱，就兴奋得打摆子。双手在空中挥来舞去，比划大飞机大别墅。他的钱也兴奋，到处跑。凡是能生钱处，就能见到他钱的影子。地产、物流、建材、超市、服装……邱红兵的钱是活水是源头，流到哪儿，哪儿汇成江河。

钱是用来生钱的。一个生两个，四个生十六个，那个什么n平方数。梁子，说个秘密给你听。我办公桌下面有个抽屉，抽屉里装满了钱，都是现钱。我喜欢手摸到现钱的感觉。一扎扎，一摞摞，手感好，比摸自己老婆还舒服。我从不让这个抽屉空着，用一万补一万，用十万补十万，我今天用，明天用，它总是满的。你不要笑我老土，我也用银行卡，但我还是最喜欢我那个抽屉，活生生的钱，摸到手上踏实。

邱红兵飞北京发展峰会了，飞深圳新新联盟了，飞天津产业园了。他飞来飞去。说实话，我挺服气他的。我不只是服他的钱。当然也不得不服他的钱。他现在是一个有钱种了，有了有钱种的诸多喜好，如钱要花得像流水，花出去，要听到流水声哗哗地响。越响，越带劲。

有一年，他非要带我去海南参加什么博鳌论坛不可。

我一个写小说的,与博鳌八竿子打不到一块。他说,作家要体验生活嘛。我就随他去了。在海滩上,喝了这酒那酒的,不说了。就说我当晚住的房间,三百平方米吗?大概不只这个平方数,那张床就至少也有五米宽八米长(我实在没有见到更大的奢华,我看到那张浩浩荡荡的床,人就傻了)。整张床恍若置身蔚蓝的海上,四周椰林摇曳,海浪轻轻拍打沙滩,清新的海风拂面来,远处,海鸥飞过。恍惚中,我不知道我是睡在一张床上,还是睡在大海上。第二天在早餐厅,邱红兵问,梁子,睡得咋样?我说床太大,人太孤独。邱红兵拍了拍脑袋,嬉笑道,哎呀呀,我失误了,该给作家派一个人过去的,把床睡满,又不知道你好不好这口。我说,派一个干嘛,派一个连,一顺溜排满。邱红兵哈哈大笑。我问多少钱?什么多少钱?我睡那房?哦,那房啊,四万八千八。他细心搅拌着咖啡,小银勺顺时针地转。一晚上?我脸上的窘迫与惊诧暴露无疑。我忍住,想不露,但没忍住。四万八千八?嗯,一晚上,怎么的?他停下手中的小银勺,为我的惊诧而惊诧。这样的房,一晚上收你四五万块钱,你还嫌贵?他为店家打抱不平。好吧,我承认我没有见过世面。一个翻来覆去的晚上竟然睡掉了四万八千八。昨晚,我一翻身,摸不到床沿,心里发慌。我睡一阵,醒一阵。在床上滚来滚去,滚不到边。要是知道了房价,我会不会睡得更踏实一些？我要把钱睡回来。睡出个性价比。可也说不定，我会更睡不着，我只会听到钞票哗哗地响，大江东去不复回。

钞票这个娘老子，能乖乖地如流水绕着邱红兵，这个曾经的井下工人转动。我必须得服他。

二十二年前，老大离开膏矿运输队，扒火车去了广东。辗转于制衣厂皮鞋厂玩具厂，做拉长、组长，做主管，再到中山古镇开了一家属于自己的灯具厂，那是他人生第一桶金。2005年，互联网还只是崭露头角，邱红兵的灯具厂也只是刚给他盈那么一点点小利。他竟然注册了一个外贸业务平台。初中学会的二十六个字母早就还给老师了，去搞外贸？我说你是疯了吧。他说你才疯了，你还想写个什么大部头，什么流芳百世。我先给他解释何为大部头。他说格老子，梁子你还真是疯了，你能写出个李白来？我写到今天，离大部头的影子还有几十个二万五千里。我估计早就疯了。邱红兵没疯。他注册了外贸业务平台，他招募了外语精英，他入住了阿里巴巴外贸平台。他这疯子，不可理喻，长着一双三白眼，猛冲猛打。

疯子一直忙着钱生钱，一直停不下来，除了乘飞机还是乘飞机。一个月前吧，夜里一点多钟，邱红兵在澳门别墅给我打电话。他知道我半夜三更不睡觉，我卖字度日，辛辛苦苦敲键盘。

梁子，我刚从赌场回来，输了一大笔钱。他有气无力。

我抽一支烟，正好缓缓神。没钱啦？邱大老板，我刚写完三万字，兑换成稿费补给你。我笑言。

没钱？我抽屉里有的是钱，我不想摸它了。

钱也不摸了？一扎扎的钱，摸起来，手感好啊。

我不想摸它了。我烦。

钱多了，烦？烦钱？那再赌一场呗。哪天带我也去豪华赌场体验体验生活。

梁子，他忽然发出一声呼啸，我累，金钱盒子的奴隶，我当够了，我累，我烦，我不快乐。电话那头，一匹受伤的狼冲着电波嘶叫。狼的三白眼一定凶恶至极。我说红兵……他的电话挂断了。

第二个晚上，邱红兵电话又来了。这次，他正正经经和我谈到精神病院。梁子，你尽快帮我联系A市精神病院，你不是在那做过义工吗，和院长关系铁。你把我弄进去。我问弄进去住院？住院也好，休息也好，反正你把我弄进去。

邱红兵把手机车钥匙钱包交到我手上，穿上蓝色条纹病号服，编号37床。除了不吃药，他参与病人一切活动：排队做健身操，去操场上跑步，听那些热衷于倾诉的患者滔滔不绝。

他坐在王光祥对面。王光祥笑的时候，他跟着他笑。王光祥笑一声，邱红兵笑一声。王光祥又笑，邱红兵又笑，好像他从来没玩过这么好玩的游戏。王光祥这个十九岁男孩子完全可以称得上男二病区的"病草"，一米八二的高个，面容清秀，两只大眼睛，眼白眼黑分明。王光祥狂热地喜爱笑，仰头，低头，吃饭，走路，都在笑，有时眉梢眼角微微上扬微笑，有时呵呵呵地笑，有时哈哈哈地笑。笑容是一层新皮肤，紧紧地粘在他脸上，貌似一朵开不败的花。大伙叫他王花花。

王花花，笑一个。笑一个，王花花。王光祥笑的时候，大伙就在旁边起哄。王光祥满面笑意沿着活动室的墙根，专心地一圈圈走路。小李护士说，光祥啊，你再不笑哈，你一笑人家就说你是个傻子。王花花说笑啊，笑着好玩。他嘴一咧，又呵呵呵地笑。现在又多了一个笑人，37床邱红兵一会笑得前俯后仰，一会笑得拍双腿，一会笑得拍桌子，比王花花笑得还要开心。好像他进到我们男二病区，就是为了和王花花，在笑这件事情上，一比高下。

院长暗地里观察邱红兵，给出结论："非典型性病人"。

写《变形记》的弗兰兹·卡夫卡说写作是为了缓和与现实的紧张关系。以此推论，邱红兵这个"非典型性病人"，住进精神病院，那是为了缓和与金钱的紧张关系？至少，躺在金钱的臂弯里，他睡不着觉。

梁子，我睡不了。

你数羊。

羊数了，还是不行。

你数鸡。

鸡数了，不行。

你泡脚。

泡了，不行。

听下音乐。

听了，不行。

这天，我去病房找"非典型性病人"，他正撸起袖子和18床扳手腕。18床自称大力士。他说，来，来来，一百个奥巴马，也不是我的对手，我一个手指头就能把你们的手腕扳断。邱红光咬牙，歪头，歪脖子，鼓眼睛，和18床对恃，最终以二比一败下阵来。18床双手握拳，双腿弹跳，面向活动室墙上挂着的一块黑板挑战，来呀，来呀，再来一百个奥巴马。

我和邱红兵并肩坐着，观战。

邱红兵说，梁子，我1995年去广州，是第一次坐火车。哦，那简直不能叫坐火车，是钻火车，扒火车。那个时候，买张火车票比我们挖一百吨石膏还难，一等一晚上。火车站的露天广场里到处都是等着买票的人。困了，找块空地，倒地就睡。等火车到站，那就是打一场恶战，不管男的女的，老的少的，个个带着大包小裹往车门口挤。挤不上去的，就往窗户里钻。窗户上密密麻麻全是人，蚂蚁一样贴在上面。我瞅准机会，一头钻进了窗内，可屁股还在窗外。后面的人一推一挤，把我推进了车厢，左脚的鞋却给推没了。翻窗下去捡，肯定再上不来。梁子，那可是我买的一双新皮鞋。我离开五矿前，特意去清宁市买的，我想到了广州肯定不能天天穿黄球鞋。鞋子掉了就掉了，不管它。到了广州赚大钱，还愁买不起皮鞋。我赶紧找了个空位站好，防止下一拨人挤过来。窗户外边，还有好多人踮起脚眼巴巴往车内看。那车的速度和现在的动车速度不能比，慢，慢死了。我右脚一只皮鞋左脚一只袜子站了三十五个小时。累？有点累，也不算太累。其实，你根本不用花力气去站。人挨人，前胸抵后背，你只用像根木头楔子楔在里面就行。你还记得我们在井下时电钻打眼吗？人站在车厢里，就是电钻钻出的一个眼，四周的汗味体味尿骚味灌得你两个鼻孔吸不过气来。连续站三十五个小时，挺得过来？挺得过来，五十三个小时也挺得过来。它开往广州啊，"东南西北中，发财到广东"。广州站越来越近了，我竖起耳朵听乘务员报站名。腿站麻了，胳膊挤麻了，我的心狂跳狂跳。广州，我来了。

梁子，我们哪天去坐那种绿皮的老火车？

好，哪天我们去坐绿皮老火车。

第五章　英雄梅艳方

1

贺好枝蒸好毛线肉，打算让刘先道送到总部一矿去。儿子邱红兵一去运输队，就不掉头了，快一个月没回家。贺好枝请人捎话给邱红兵，回家来妈给他做蒸肉吃。邱红兵回话，车队忙。刘先道说，我问过车队的老刘，哪里有那么忙啊！我去找老六子，我让老六子给他哥赔礼道歉。刘先道气哼哼的，说着就要出门。贺好枝说你还嫌不够丢人现眼？你叫老六子把那个王小翠送到车队去？刘先道没了话说。贺好枝说我做点蒸肉，你送过去。刘先道说今天你不系毛线，都是红兵的。

贺好枝家的蒸肉不是你家的蒸肉，也不是我家的蒸肉，它叫毛线肉。五花肉切成大块中块小块三个等级。大块的，刘先道和邱红兵吃；中块的，老六子吃；小块的，四个女儿吃。虽说是大中小分了层次，等蒸熟端上桌，仅凭一双肉眼，筷子也不能一下子拣出最大块。贺好枝就把最大的几块肉拦腰系根红毛线再上蒸笼。刘先道邱红兵下矿做力气活,吃最大块的红毛线肉理所当然。最开始,贺好枝也把系了红毛线的蒸肉夹到老六子碗里。老六子把肉夹回盘子,说大哥吃。刘先道说一天到晚坐着捏石膏粉玩,吃么事吃!当年刘先道拖家带口上五矿来,原指望贡献出一个劳动力的,偏偏老六子不争气,只能进石膏工艺厂捏石膏粉。刘先道见到这个亲儿子心里就不痛快。他把夹回盘子的那块肉夹给邱红兵,邱红兵用筷子一挡,说你自己吃。

蒸肉齐整整摆进饭盒里,全是两手指宽大小,油光亮亮的。贺好枝刚要把饭盒装进尼龙袋子,梅艳方的妈崔桃喜进来了。她双手抱着膀子,倚着厨房门,恼道,贺好枝,我家艳方是什么样子的?你说给我听听。

桃喜姐,这……这什么意思嘛?

瞎子吃汤圆。你说么意思?我家艳方么样子,轮得上你说三道四?

贺好枝明白了,她和花想姣说的小话传到了崔桃喜的耳朵里。贺好枝赶紧放下饭盒,拉崔桃喜坐。崔桃喜扭着身子不坐,一张脸拉得老长,你家的凳子啊,我坐不得。我家姑娘艳方配不上你家儿子,我的屁股配不上你家的凳子。

哎哟,桃喜姐,我错了错了,我这张臭嘴。贺好枝作势打自己的嘴巴。

前两天,花想姣把贺好枝先前送给她的一双皮鞋提过来,好枝,我这双脚没有福气哦,白费了你的好心意。贺好枝把鞋子往她手上塞,想姣姐,这鞋子你一定要穿,你穿定了,你可不能不管红兵的事。花想姣说,我的脚都跑断了,附近几个村湾寻了个遍,没有。贺好枝说你不要管她胖的瘦的,人本分,知根知底就行。花想姣说没有这样的姑娘,你叫我生?我替你生一个出来。贺好枝苦着脸,想了半天,说像桃喜家梅艳方那样,也行啊。

花想姣一拍大腿,你莫提艳方,烦死了。

花想姣带到梅艳方眼前来相亲的不止一个。

先来的是矮个,身上的白衬衣扣子颗颗扣得严正,顶住脖子,像要去赴断头台;裤子熨得笔挺,两条中缝锋利得可以当刀使。梅艳方看了他一眼,说,你们聊,我去上班。说罢,留给赴断头台人一个厚实的脊背,走了。

又换来一个中等身材的,浓眉大眼,一进门就自来熟,叔啊婶啊地亲亲热热叫人。梅艳方也不吭声,转身去了厨房。花想姣以为她倒茶去了,等了一两分钟,不见茶来,来了一把扫帚。男青年来不及收回脚,梅艳方的扫帚直接从他脚背上扫过。

再来的是一个高个儿,长胳膊长腿,头发中分,花衬

第五章 英雄梅艳方

衣，紧身牛仔裤把屁股包成一坨大肉球。这次，梅艳方指着门外对花想姣说，出门，右转，去程美丽家，去配程美丽。

花想姣偏不出门，她把梅艳方堵在房门口，我的姑奶奶，你到底要个什么人？你说！梅艳方偏着头，看贴在门上的港星画报。花想姣说，你说出来，婶子我打十盏灯笼帮你找。梅艳方鼻孔里嗤地响了一声，冷笑道，哼，你找得到？花想姣说，只要他是个人，我就找得到。十盏灯笼不行，我打一百盏灯笼。梅艳方收回视线，轻轻吐出四个字，我要发哥。

发哥？花想姣脑子飞转，在人才备选库里急速找寻。她问梅艳方的妈，你晓得？崔桃喜说我晓得个鬼。正巧我从梅家门前走过，花想姣拽住我，栋梁侄，发哥是哪个？我一听，笑了，婶子，你找发哥？花想姣说你莫管这，你只告诉我他是几矿的？肯定不是我们五矿，五矿没有姓发的。我冲着梅艳芳的房门说道，喏，门上。花想姣看到画报上戴墨镜的男人，右手捏着一张烧着了的钱票子，凑到嘴边去点烟。花想姣撇嘴道，这不是个正经过日子的人。我开玩笑，婶子，要不，我带你去看发哥？崔桃喜忙说，我也去。

李拐子的"寰球"录像厅正在放《英雄本色3》，在海关口，发哥和梅姐初次相遇。梅姐火焰红唇，卷发披肩；发哥穿一件松松垮垮的白西服，嘴角上扬，叼一支烟，笑眯眯打量梅姐，要去和她搭讪。花想姣盯着荧幕问这个人？我说对呀，他就是发哥，帅不帅？花想姣惊呼道，我的个妈天，我的苕姑娘，人家是个帅大王与她又有什么关系？我还当是矿上哪个人呢。花想姣愤愤然，又道，桃喜，你看到了啊，我那些心都白操了。崔桃喜狠声道，怪不得天天往这里跑，勾她的魂！

见过发哥，花想姣消停了一阵子。她弄不来录像片子里的人和艳方结良缘。然而，她终是不甘心，自家嫡嫡亲亲的侄女说媒不成，愧对矿上老老少少。矿上老老少少赞美她的嘴巴，说，花想姣那张巧嘴，天下的喜酒她想喝哪家的就喝哪家的。眼下，出了一个邱红兵灭她的喜酒，又出一个梅艳方。花想姣风风火火去矿上播音室，见了程美丽，笑呵呵地问，美丽，婶问你件事，你认不认识那个发哥？那个演录像的。程美丽莞尔一笑，婶，你太高看我了，我哪有那个能耐。花婶说，就算你帮艳方一个忙呗……想到两个姑娘近年来的紧张关系，花想姣面色讪讪的。程美丽见状，缓了口气道，婶，你不能对梅艳方透一点口风，说你找过我。

程美丽是个美姑娘，好多年轻人在夜里睡不着觉，为了她辗转反侧。梅艳方忙着看相亲人时，程美丽也在忙，忙着应对矿内矿外众多爱情莽夫。莽夫们被爱情弄得烈火熏天，癞蛤蟆要吃天鹅肉。

程美丽心高，立志要嫁就嫁有貌有才又有财的城里人。如此，败下阵来的莽夫，不说有一个连，起码也有一个排。她稍加整理，将部分名单供给花想姣，又叮嘱道，婶，你要是说找过我，梅艳方会恨死我的。花想姣忙不迭点头，婶哪能说呢，不说不说。

披一件长风衣，围白围巾的。

戴墨镜，嘴上叼烟的。

皮鞋擦得锃亮，眯着眼睛笑的。

但发哥就是发哥，他是唯一的那一个，王者之气，英雄之魂，无人可替。婶，你不要再瞎子点灯，白忙乎，莫把我家的门坎踏平了。花想姣气得跺脚，艳方这姑娘太不知好歹了，凭她那条件，能找个什么人？不是自己逞这张三寸不烂之舌，人家会来相她？艳方，我要是再管你的事，我下辈子变哑巴。说罢，花想姣扭身走人，梅艳方追在她背后喊，你去告诉程美丽，我不捡她的旧破烂。

梅艳方和程美丽这两个姑娘，自小一起长大，长着长着，长成一丑一美两个标本。在梅艳方面前，程美丽倒不仗着自己美而瞧不起她。去清宁城K歌，看电影，她总要喊上梅艳方。梅艳方看着程美丽那张俏脸，在不同男人面前，时而妩媚，时而娇嗔，时而幽怨，梅艳方有些伤心失意。后来，两人在街上遇到了，梅艳方头一扭，转到旁边去。

发哥一日一日不见人，梅艳方一日一日在街上走。她抬头挺胸，走得高傲。上身一件又长又松垮的黑色长外套，下身一条肥肥大大的黑裤子，一双四十码的黑布鞋，脸上终日不见笑脸，右眉心处一颗黑痣岿然不动。梅艳方走在大街上，就像一团移动的乌云。

2

矿上司磅工梅艳方遗传了她爸梅得生的体型，身高一米六左右，腰围三尺有余，背厚近一尺。我们挖出来的每一车石膏都要经过她的磅房。

过秤，核对数量，填写单据，她做起事来一板一眼，只是很少和人说话。脸像一块石膏，风平浪静。邱林子这家伙恶言毒语，说老姑娘的脸，没看头。其实，这张石膏脸也是会松动的，露出一点人的神色。譬如我说，梅姐，今天去看英雄？她浅浅一笑，说下了班去。

"寰球"里烟雾弥漫，我们抽烟，嗑瓜子，听林继勇指点片中的男人女人。他女朋友多，情场得意。男人女人的话有几大箩筐。影片接近尾声，逃亡的飞机上，发哥抱着垂死的梅姐。长风劲吹。梅姐黑发飞舞，半掩着她苍白的脸。

妈的个怂货！林继勇将一把瓜子壳掷向银幕。

发哥，跳哇，跳下飞机，和他拼了。邱林子说。

后面有人轻声喝道"住嘴"。我们回头看，梅艳方脸上挂满泪水从椅子上站起来，一副梅姐的扮相，上穿白西服，下穿白裤子，头发烫过了，大花卷披在肩上，嘴上抹得血红。梅艳方走到李拐子旁边，说一个月之内，你不准再放这个。李拐子就笑，是你要看的嘛，你说要重看。

梅艳方面色冰冷，我叫你不准再放，你没听到？

"曾遇上几多风雨翻，编织我交错梦幻，曾遇你真心的臂弯，伴我走过患难……"怆然伤怀的片尾曲中，梅艳方向录像厅的门走去。是道窄门，梅艳方三尺有余的腰身显得越发辽阔。

嗟，老子算是服了她，又喜欢看，又喜欢自找难受。李拐子一脸的不屑。早些年李拐子在井下负责爆破，炸丢了右腿，矿长恩准他租下职工食堂旁边一间空房子。二十个平方不到，他取名"寰球"录像厅。

梅艳方去派出所寻郑安民所长。

郑所长，我找你改个名字。

郑安民正在写材料，抬头一看，梅艳方白衣潇潇立在面前。他吓了一跳，忙问，改名字，哪个改名字？梅艳方说把方向的方改成草头芳。郑安民问，你的名字？对，梅艳方说，她拿起笔，写下"梅艳芳"三个斗大的字。郑安民挠了挠后脖颈，笑道，矿上有十个梅艳方重名了？梅艳方说，只有一个梅艳方。郑安民又说，方向的方不是生僻字，改个啥？梅艳方说不为啥，我愿意。她拖过一把椅子，一屁股坐在郑安民对面，脸上挂了层冷霜。郑安民见火阎王要发作，赶紧说你稍等啊。他溜到隔壁值班室打电话。不一会，梅艳方的爸，副矿长梅得生进来了，开口就吼，说你是魔，你还真成魔了！人家梅艳芳是梅艳芳，与你狗屁关系！

梅艳方吼回去，我就是要叫梅艳芳。

你在老子梅家是方字辈，老祖宗定下的。你改？

老祖宗管不了我。

老子今天就是要管。梅得生袖子一撸，要上去扇梅艳方。郑安民一箭步踏过去，挡在他前面。

梅艳方眼眶里含着一包泪，怒目而视，你打，打死了，你不后悔。

老子不后悔！梅得生推开郑安民，大巴掌眼看就要扇到梅艳方脸上，后面赶过来的崔桃喜死劲抓住他的胳膊，哀声道，回去，回去。趴在窗口看热闹的刘富有没有控制好情绪，笑出了声。梅得生收回了大巴掌。

事隔一天，梅艳方出现在井下一群男装车工中。只见她的波浪卷发挽成一团，胡乱地束在头顶，两个膀子绷得紧紧的，搬着块百十来斤的青膏。怎么把一个女工派下来搞装运这苦活？再说，她还是梅副矿长的千金。我说梅姐，你歇一会，我们来。梅艳方擦了把额头上的汗，一本正经道，大象能被石膏累死？累死了能叫梅大象？她这一自我调侃，叫我们实在是难堪。林继勇暗地里踹了邱林子一脚。邱林子最喜欢烂舌头，给梅艳方取个绰号"梅大象"。

梅艳方的苦活干到第三天，崔桃喜说，梅矿长，这就是你的铁腕手段？你把艳方弄下去装车，以为把她累垮了，她就不往录像厅跑，不看发哥？你还出个狠招，还铁腕！梅得生拗不过火阎王姑娘，只好收回成命。梅艳方继续做她的司磅工。

矿上男女老少都晓得了发哥在勾艳方的魂。有些人从来没有去过"寰球"，也特意去了一趟。他们看到梅艳方斜靠在"寰球"的椅背上，看到发哥潇潇洒洒，眉眼微笑。发哥这柄温柔的熨斗，一寸寸熨过梅艳方酸痛的四肢。

梅艳方追着周润发的片子看，《喋血双雄》《赌神》《英雄本色》……她最爱《英雄本色3》，看一次哭一次。英姿飒爽的梅姐芳华逝去，当然值得一哭，但她更哭发哥。发哥失去了梅姐，他望着苍茫的天空，脸上的肌肉因压抑的悲愤而扭曲。梅艳方心里疼得不行。如果能穿越银幕，梅艳方就穿过去。这样，大伙就会看到五矿的梅艳方怀抱着发哥，发哥怀抱着香港的梅艳芳。

3

程美丽去清宁城交男朋友时，梅艳方要么去"寰球"，要么绣手绢。梅艳方虽然身形似一座铁塔，但她的手很女孩子气，绣花绣朵，飞针走线，非常灵巧。在白棉布手绢上，她的针线上下左右来回勾织穿梭，不一会就绣出一个图案。不是花不是朵，是中国汉字"发"。我们马上想到了《上海滩》的发哥，发哥西装口袋里永远插着条白手绢。

人们在青石板上走得踏踏地响，本想径直走过梅家门，又实在忍不住，要去瞅一两眼绣手绢的梅艳方。梅艳方低眉顺眼坐在门口，面色安宁，她静悄悄地绣，静悄悄地笑。她扎下去的每一针，都是通途。她念他想他的气息透过针眼，去向无名的地方。有那么一天，这些绣了字的白手绢会插在发哥口袋里。

有一次，崔桃喜不经她同意，擅自把针线包拿进房里，梅艳方沉着脸说，怎么，我绣个手绢也丢你的脸？崔桃喜气得说不上话来，她怨自己上辈子作了什么孽，生了这个火阎王。你绣绣绣，能绣出个活人来？即使你爸是个副矿长，你也不能挑三拣四。你能比人家程美丽……想到这里，崔桃喜赶紧刹车，哪有做妈的嫌自己女儿丑。车刹不住，她还是怨，还是想，我看你花婶介绍的人，个个都行。你吃了迷魂汤，迷一个演电影的。你连人家一根手指头一根头发丝都够不到。那是你能想的人？

青石板上，传来"噔噔噔"的高跟鞋声。梅艳方抬头，及时捕捉到程美丽的眼神。梅艳方有必要非得坐在门口绣"发"不可？如此这般，为的哪一曲？程美丽眼里疑惑。梅艳方冲她一笑，有些意味深长。穿堂风从后门吹过来，吹动梅艳方的卷发，扬起一道温柔的弧线。

1998年元旦，叫莽夫们日思夜想的程美丽终于要出嫁了。如意郎君刘晨达，他爸清宁市公安局长，他妈清宁市妇联干部，他本人公司老总。矿上老规矩，出嫁这天，要找十个未婚姑娘当"十姊妹"，陪伴在新嫁娘身边。崔桃喜担心梅艳方不肯去，伤了两家的和气。梅艳方却收拾完毕，去赴"十姊妹"会。仍是黑色长毛衣黑色萝卜裤黑布鞋。

红棉被，红枕头，红桶，红脸盆，红凳子，红皮箱，红灯罩，红口杯……新人程美丽穿件玫瑰红的金丝绒旗袍，发髻上插朵红玫瑰，面色粉红坐在床沿上。十姊妹中的刘莉平正往她头上喷香水。梅艳方这团黑影一进红闺房,光线顿时暗了不少。艳方姐,你来了,快来看。刘莉平嘴巴甜,见了梅艳方赶紧招手。程美丽也连忙扭头,欣喜地叫了声艳方。梅艳方也不回应,粗胳膊一拐,将刘莉平拐到一边,说没有枝叶哪来的花,拿过来。她大手一伸,刘莉平忙将丢在桌子上的一根细花枝递上。梅艳方将它小心地别在程美丽的发髻上。果然,在枝叶簇拥下,程美丽的粉红脸显得愈发动人。

新郎在闺房外唱,"你问我爱你有多深,我爱你有几分,你去想一想,你去看一看,月亮代表我的心。"梅艳方的厚身板往门上一靠,"你的心有多长?"新郎再唱,"月亮代表我的心……"姑娘们起哄"心多长,心多长?"新郎拖着"心",拉长长的尾音,拖得几欲气绝,一口气上不来。程美丽的脸焕发出一层奇特的红光,眼睛嵌在红光中闪闪发亮。姊妹们,饶了他吧。程美丽说。梅艳方回她一句,嚯,这就心疼了?梅艳方半开了门,一手扶门框,一手扶门沿,新郎赫然在目。那微微上扬的嘴角眉梢,嘴角眉梢里的笑。梅艳方的心哐当一声巨响:发哥!

新郎掏出红包,往梅艳方手上塞,好姐姐,让个路呗。梅艳方收起诧异之色,说道今天你想抱走程美丽,得先抱这些姊妹,一个个抱,抱着在房里走一圈。她此话一出,新郎那边尚未反应过来,姑娘们这边大呼小叫,呀哎呀,你尽出馊主意。她们嬉笑着往程美丽身后躲。新郎瞅新娘，新娘瞅新郎，笑而不语。有个伴郎推了新郎一把，他双臂一拢，抱住了没跑脱的刘莉平。姑娘们笑疯了，合起伙来把梅艳方推搡到新郎面前，抱啊，抱。梅艳方唰一下红了脸，半恼半笑道，我这腰围，你抱得过来？去抱你的程美丽。

鞭炮噼里啪啦地炸，迎亲号子吹得震天响，新娘子该上婚车了。新郎手捧玫瑰红的五寸高跟鞋，服侍程美丽穿。穿了这鞋，娘家的仙女就要走到婆家去做俗世女，柴米油盐，一日三餐地操持。再多苦累，也不要在娘家妈面前哭诉，惹她伤心。两个伴娘扶起程美丽，程美丽眼里早已泪光盈盈，挪步向门口移去。梅艳方拉了下她的衣袖，示意她抬脚。梅艳方蹲下身，从口袋里掏出两片小棉布，折成薄薄的四方块，塞在高跟鞋后跟处。舒服点没有？梅艳方仰头问她。程美丽试着走了几步，脚后跟磨得不那么生疼了。艳方……程美丽还要说什么，梅艳方站起身，提起一口红皮箱大步跨出了房门。

送亲队伍要一直送到矿区大门口，梅艳方走到一半，返转身，穿过碉堡邮政所旁边的窄巷子独自向宝峰河走去。

黄昏的宝峰河，夕光跳跃。一只水鸟停歇在河岸的枯黄草坪上，它仰着脖子，瞅着梅艳方叫了两声，飞进河对岸的稻田里。最后一粒稻子已归仓，只剩下十几公分左右长的稻草桩子没有被收割尽，沤在地里。水鸟拣一株稻草桩，立在上面。梅艳方在河边坐下来，看着那鸟。她又低头去看身边的塑料袋，看了一会，发了会呆，还是抬头看鸟。

梅艳方往窄巷子走时，刘莉平拿着一个袋子追上来，艳方姐，美丽给你的东西。梅艳方打开袋子，看到一束鲜红的玫瑰花。婚嫁习俗中，新嫁娘将玫瑰花送给十姊妹中哪一个，就寄寓了她对姊妹深深的祝福，愿她早日成为另一个新嫁娘。

迎亲的鼓乐声渐渐远去，夕阳的光离开宝峰河，暮色笼罩了近处的稻田远处的宝峰寺。四五条小鲫鱼浮出水面吸了口气，又极快地潜入河水深处，留下一片涟漪。天尽头，滚过一层一层乌云。几阵疾风狂吹，大雨哗哗地泼下来。梅艳方坐在雨中，怀里抱紧玫瑰花。

4

梅艳方失踪了。

昨天下午，她还坐在门口绣白手绢。

磅房里寻了，录像厅里寻了，没有。舅舅家姑妈家小姨家也打听过，也没有。一同失踪的，还有绣了"发"的十五条白手绢。那些手绢,梅艳方一直放在枕头旁边。花想姣火急火燎跑过来,说桃喜,快走,快走,有人看到艳方去找过刘大师。妯娌二人赶过去,机电组组长刘青松正翻着一本泛黄的《易经》。刘青松是我们矿上的刘大师,熟读《易经》,通晓世人命运,能预知凶吉。刘大师见俩人慌慌张张过来,也不吃惊,待她们坐定,送上两杯茶,将梅艳方来找他的情形复述一番,末了,轻言细语道,你们回去找一找,梅艳方应该留有字条在房里。

二人又急慌慌往家里跑。抽屉里,柜子里,衣服口袋里,一阵乱翻。花想姣眼尖,看到搁在窗台上的针线盒,揭开盒盖,翻出"此处无发哥,自有发哥处"。崔桃喜捏着纸条,眼泪直往下滴。梅得生盯着艳方门上的画报男人看。燃烧的花钞票照得那男人脸上光彩闪闪。这样的男人是过日子的料?梅得生又盯了那男人几眼,揣上一包烟出门,留下崔桃喜暗自垂泪。

下午五六点钟,梅得生回家,见冷锅冷灶,烟火不动,便去厨房热了上午的剩茶剩饭,也不问崔桃喜吃不吃,自己扒了一大碗。崔桃喜问,找到了?梅得生答,天大地大,有老子的手掌心大?老子有暗线。

开往中山市小榄镇的长途汽车上,梅艳方头昏脑涨。她不过是靠着椅背打一个盹,梦魇又来了。她死于一场瘟疫,惨白色的蛆虫从她的鼻孔里爬出来,爬满全身,她变成一只庞大的蛆虫,污浊的黄色尸水蔓延到膏矿每条小路上。有人开来一辆黑色大铲车,将她拦腰铲成两截,另外一些人往她上面堆石膏灰,堆得老厚,直抵到月亮上去。她在膏灰的深渊里微笑:他就要来了。他戴着墨镜,披着长风衣。他来了,从高高的月亮上面。他捂着中枪的胸口躺下来,侧身望着她。他是爱她的。她想,他爱她,无论他如何江湖风云,最终他选择在她身边死去。

梅艳方想喝水,她的嗓子口冒烟。梦里的焦渴烧遍了她全身。她不由得再次看了眼对面坐着的那个姑娘,一件橙色长大衣勾勒出她细细的腰身。她从随身带的小提包里拿出一封信,小心地抽出两张信纸,细细地看,甜蜜地微笑。梅艳方转过身子望向窗外,她听到一个来自远方的声音,正在呼唤她。

那天梅艳方挣扎着从乱糟糟的床上爬起来。薄被单被踢到一边,枕头扔在地上。她身上的衣服有些潮湿,作为一只大蛆虫,她爬得浑身大汗。这本该是一场梦魇,可是又怎么解释发哥的到来。她去找刘青松大师。刘老师,我要寻的男朋友无非是一个百分之九十九点九九九,无限接近"发哥"的人。刘青松说,艳方姑娘,命里没有莫相求,命里若有千里缘;眼前求不得,问路在远方。梅艳方一听,眼泪唰地就下来了。她早就该去远方了。

5

一两百个女工浩浩荡荡涌出车间，仿佛满园子的杏花梨花全开了，一朵朵挤着拥着，花枝乱颤，叫人眼花缭乱。一律暗红色的格子外套，白色无檐帽，白色围裙，胸前两个鲜红的正楷字：锦衣。

都是的？这么多女工？梅艳方看得目瞪口呆。是啊，在石膏矿，就算是女工最多的石膏工艺厂，也没这阵势。

这算什么，公司还要大量招工，订单做不完。站在她身边的邱红兵说。邱红兵穿西服打领带，领导派头十足。他离开五矿后，第一站奔到广州小榄镇上一家锦衣服饰有限公司打工。凭着在矿区训练出的工作素质，很快就升为人事部主管。这两年，矿区的红火日子已是衰败之相，出门到广东的人越来越多，到了广东，直奔邱红兵。

2月18号，梅得生接到暗线邱红兵的电话，一切顺利，梅艳方当上了保安。梅得生说，我是不是说过，天大地大，她能跑出老子的掌心？崔桃喜说，在家里过自在日子不好啊，要一天到晚去守别人的厂子。梅得生说妇人之见，这矿上出去的年轻人，多得是，又不只有你家一个。

给梅艳方安排保安这个肥差，邱红兵对得起梅得生。

梅得生说，红兵，艳方的妈急得不行，生怕她在外面无着无落。我一猜她就是找你去了。你现在是老乡们的主心骨，我和艳方的妈拜托你了。梅副矿长言语中少了平日那份刚硬劲，有父亲丝丝的哀告在里面。邱红兵说你告诉桃喜婶，叫她放心。梅得生说放心放心，我们一百个放心。

梅艳方松松垮垮一大个子，穿上挺括的保安服，整个人就变了样，又敦实，又威严，完全是副保安的架势。公司大门设有两个进出口，女保安梅艳方守一个，负责监管女工这边的进出情况，包括是否把公物私带出车间。负责男工那边进出口的，是公司王副经理王良胜的侄子王有志。王有志这人阴险，仗着自己是保安队长，卡吃卡喝。工人们背后骂他"王扒皮"。

那些来公司门口找事做的人，向王有志介绍自己的情况，哀告自己的苦处，王有志只是笑，并没有给你报名表的意思。倘若来人笨头笨脑，不知变通，对他没有任何表示，王有志就会一直对着空气笑，根本不看你。机灵些的，在介绍自己之前，会先往他兜里塞一两包烟或是塞上百把块钱的介绍费，许诺进公司后一定请王队长喝酒等等。

这天，又轮到梅艳方和王有志值班。俩人扯了些闲话，王有志教她如何识别私带货品出厂的工人。王有志说你不用看她的衣服口袋和随身手袋，没有哪个人傻到把东西明目张胆塞在那里。你只用看着她笑就可以。关键是你要看着她的眼睛笑。她越躲你的眼光，你越追着她笑。心里没鬼的人，你笑你的，她走她的路。那一见到你笑，眼睛就不晓得往哪里放，东看西看的，肯定有鬼。哼，你们女工……她们藏东西的地方，只有你这女保安能去抄。王有志这话说得太露骨了。毕竟塞在胸罩里，裹在裤腰里的人是少数。梅艳方不接他的话，信手翻看桌上的员工花名册。

这时，走过来一个满脸雀斑的姑娘，怯生生的，神情恓惶，随时要哭的样子。这姑娘也是鲁莽，没有老乡带路，找了几家公司，都不中。眼看是走投无路。梅艳方听得心有戚戚，想起自己前个把月挤火车挤汽车，一路颠颠簸簸颠到小榄，要不是邱红兵照应，现在不晓得是什么下场。王有志向梅艳方使眼色，捞油水的当口，梅艳方已经把一张报名表递给了她。眼睁睁看着白白损失一笔收入，王有志心情不爽，又不便发作。梅艳方确实招他恨，她不与他混成一团伙，分一杯羹，这不说，今天还挡他的发财路，想一想就让王有志不舒服。不舒服归不舒服，但不能撕破脸皮。梅艳方的后台是邱红兵，王有志不想与邱红兵闹得不愉快。日后，要是他收了好处费，邱红兵却卡着不收人，他不好办。

暗线邱红兵在电话里通报，梅艳方生活愉快工作愉快，女工们很喜欢她。梅得生说，我说得对吧，年轻人出去闯世界，不是件坏事。崔桃喜说，你没有问红兵，有没有男青年喜欢艳方？梅得生说，你只晓得问这婆婆妈妈的，红兵说艳方生活愉快工作愉快，这还不够？

看到女工们涌出车间，梅艳方就觉得高兴。她们你挽我的胳膊，我搭你的肩，叽叽喳喳，笑声不断。前一刻在车间里还埋头赶工，一言不发。计件的活，多做多得，当然要拼着干，干得脸上蔫蔫的，花都要干死了。这一刻，花朵浇了水，活了。吃个中午饭连午休加在一起才短短三十分钟，也堵不住她们的嘴。等到节假日，公司又不用加班，女工们的兴奋劲更不用提了，脸上脖子上抹得白白粉粉的，嘴巴涂得红红的，去逛街购物，吃好的，喝好的，看繁华世界。

三个女人一台戏，这一两百号女人唱的是一场大戏。戏中华彩章节当数某个姑娘一出梅艳方这边门，那边门外站着的一个男工就笑微微迎上去；或者姑娘走远几步，男工追上去，两人手牵手找地方去恋爱。要是没有恋爱这回事，她梅艳方看到的只是什么呢？机器人？流水线上的螺丝钉？花活着，为了绽放；水活着，为了流动；人活着，不只是为了赚钱这件事。牵手，拥抱，听眼前人信誓旦旦，想心上人想到魂飞魄散，都是人活着的理由。梅艳方想这些飘飘渺渺的念头，想到曾经绣过的白手绢，想到发哥，有些怅然。制衣厂，电子厂，皮鞋厂……南方这块土地，遍地长工厂长公司，只是不长发哥。大家背井离乡，奔波几百公里上千公里，不是为了烧着钱票子去点烟。即便有恋爱这回事，也很难长久。铁打的工厂流水的工人，来一拨，走一拨。工厂恋情生一个，灭一个，是常态。每每见到热恋中的男女从门口进出，梅艳方总忍不住要多看两眼，他们脸上有光有彩，格外生动。梅艳方希望光彩停留在他们脸上的时间长一点，久一点。

6

梅艳方最喜欢看湖南姑娘汪芬芬脸上的光彩。她先前没有注意到汪芬芬。这么多女工，差不多的个子，一样的装扮，很难分清楚谁是谁。王有志分得清楚。他的眼神时不时落在一个女工身上。男人看女人的眼神，流连再三，徘徊不走。梅艳方沿着王有志的眼神看去，看到了汪芬芬。几个姑娘簇拥在她身边，说说笑笑。汪芬芬的笑脸像一块宝石，熠熠生辉。汪芬芬人长得好看，爱说爱笑爱打扮。蝙蝠衫、喇叭裤、牛仔裙、大头鞋，街上流行什么，她穿什么。梅艳方不用出公司大门，就能见识到广州的潮流。(此时，梅艳方也不得不重新评价程美丽。程美丽的确值得男人们为了她睡不着觉,她两年前就穿蝙蝠衫穿喇叭裤。)

汪芬芬这么一个出挑姑娘,寻的男朋友却不敢恭维,面相老苍,言语不多,看不出有甜言蜜语的本事。汪芬芬和男朋友黏得很,节假日相伴着出门,一出去一整天,不到公司关门不回来。汪芬芬进门从不空手,话梅、口香糖、小榄菊花饼……汪芬芬把吃食放在桌上,梅姐,尝一尝菊花饼。梅艳方佯装生气,说外面好玩,你就留在外面不回来呀。汪芬芬笑嘻嘻道,梅姐,我要是在外面弄丢了,保准你满大街去贴寻人启事,浪费你的精力。

那边进门口,王有志抬起左手腕上的表,伸到汪芬芬男朋友面前,你来看,你看到了几点,公司是你们家的菜园?男朋友给他敬烟,王有志一摆手,老子要你的烟!你在外面快活,老子替你守门。妈个稀奇!你说,你们又去哪里快活了?男朋友也老实,交代去逛了服装一条街,逛了公园,看了录像。王有志阴阳怪气问道,除了这,没别的事?男朋友说没有。王有志冷笑,鬼才相信,你小心点,莫玩到哪一天,老子让你进不来。王有志对成双成对出入的打工仔打工妹,从来没有好脸色,尤其对汪芬芬这一对。

5月1号,公司破天荒放了两天假,好多宿舍几乎倾巢出动,三五好友邀着出门玩。有的人没有看过海,还特意坐几个小时的车去珠海拍海滩照,好寄回家里,叫家人们看看海是什么东西。1号下午,梅艳方还没见到汪芬芬出门。公司门口水泥石凳上也没有出现过汪芬芬的男朋友,他们没在石凳那里碰面,那么……待她回过神,想到那种可能性,心里一惊。汪芬芬心也太大了,她忘了公司最喜欢在节假日搞大扫荡。

梅艳方离开保安室,急忙往女工宿舍赶。她走到楼梯口,刚要上楼,见王有志从男宿舍那里往这边跑。这下子彻底完了,他在男宿舍没搜到人,搜到这边来。梅艳方不禁为汪芬芬捏了把汗。犯谁手上也不该犯在他手上啊。王有志与汪芬芬结仇多日,今天落在他手里,有她好果子吃。汪芬芬私下里给梅艳方讲过王有志的一些丑事。梅姐,他给我写的纸条子,我看不下去,恶心,他连猪狗都不如。梅姐,前些日子,我们楼上晾晒的内衣内裤,不是叫人偷走了几件吗?你们还调查过,没有结果吧。呸,他自己做的事,他去查出来?梅姐,我和我喜欢的人谈恋爱,与他有关系?他说我侮辱他,还威胁我,说总有一天叫我吃不完兜着走。想到这里,梅艳方加快步子,三步并两步向楼上冲。

305宿舍门反锁着。梅艳方敲门低声叫汪芬芬,汪芬芬。房内窸窸窣窣一阵响。梅艳方说,赶紧收拾,赶紧。话音刚落,王有志气喘吁吁跑上楼,二话不说,提起脚对准宿舍门猛踢。门踢开，现出两个人，面红耳赤，衣衫不整。汪芬芬连衣裙后背上的拉链没拉上，男朋友皮带上的扣眼没扣住。王有志他气呀，真气，这个汪芬芬太羞辱人了。他干着保安的肥差，人又长得高大，有哪一点比不上这个没扣好皮带的小个子男人。王有志狠狠地瞪着汪芬芬，眼睛发红。宿舍里一片死寂，只听得到王有志剧烈的喘气声。突然，他咆哮道，汪芬芬，我叫你吃不完。王有志从裤子口袋里掏出一个相机，巴掌大小，银白色的镜头寒光凛凛。汪芬芬惊叫一声，连忙掉头捂自己的脸，露出大半个后背。王有志侧过身，相机镜头去追汪芬芬的脸。他今天有备而来，就要捉个现行。汪芬芬的男朋友抢上两步，连忙去拉她的后背拉链。

　　梅艳方双臂一抻，护住他俩，喝道，把相机收起来。梅艳方，老子连你也拍下来，你有包庇罪。咔咔几声，镜头扫过零乱不堪的床单，扫到梅艳方脸上。汪芬芬的男朋友扑上来抢相机，但他哪里是王有志的对手。王有志把他抵到墙角里，左手扣紧他的衣领，右手扇他的脸，我叫你们欢，我叫你们欢不成！啪，王有志扇了一耳光。啪，王有志又扇了一耳光。他扇出的耳光，格外干脆，啪啪地响。梅艳方直觉得眼前火光四溅，她冲过去，抱紧王有志，顺势一扭，把他甩到一边。哪曾想，王有志没站稳，一个趔趄，脑袋撞到了高低床中间的踏板上。

7

夜里十一点多钟，暗线邱红兵拨出他最不想拨的电话。梅得生尽量稳住心神，不让崔桃喜看到他的慌张。半夜电话，凶兆，非死即亡。邱红兵说，梅矿长，希望那个保安队长没被撞出个三长两短。梅得生看着室外黑黢黢的石板路，轻声说道天一亮，我就赶火车到小榄去。

电话又响了，守在一旁的梅得生胸腔里那颗心要跳出来。电话铃声响到第五下，他抓起话筒，捏紧了。谢天谢地，梅矿长，他没事了。电话那头，邱红兵长长地吁了一口气。

汪芬芬和男朋友俩人被公司辞退，梅艳方除了被辞退之外，还要赔付医药费，交罚款。她玩忽职守，怂恿工人违纪违规：宿舍严禁留宿异性，造成极坏影响者，立刻开除。

青年男女，干柴烈火。搂搂抱抱，远远解不了心头之渴。偏僻处幽暗处，不尽兴，还胆战心惊，防着手电筒光钉子样钉住光身子。去旅社，门一关，想咋样就咋样，但最便宜的旅社也要四五十块钱，床上还散发着一种说不出的怪味，尿骚味、人体味、肥皂味混杂在一起，败坏人的兴致。宿舍呢？宿舍好，旁人腾空了，自家床上一样自由。同宿舍的工友深明大义，理解干柴烈火的苦。他妈的，谁没有个年轻的时候。撤！工友们找个理由，撤出了宿舍。成人之美，肯定有福报，说不定自己哪天也会坠入情网，烈火上身。

有几个晚上，深更半夜了，梅艳方和王有志按公司要求，突击搜查男工宿舍和女工宿舍，无甚收获。王有志不过是借机目睹了搭在床栏杆上的一些物件，红的粉的胸罩、黑的白的三角裤。

副总经理办公室里，十多个女工围住了王良胜。

侄子王有志竟然拿相机去捉现场，王良胜确实没有想到，这太过分了。五一节放假前两天，王有志找他借相机，他以为王有志只是要外出拍照玩。眼见这群女工情绪激愤，随时要把他吞下去的气势，王良胜故作镇静，笑道，不管梅艳方是不是故意的，总之伤了人，你们说该不该罚？她身为一个保安，纵容违纪者，该不该罚？这很公平。说话间，又一阵风跑来五个女工，领头的是那个满脸雀斑的姑娘。她满脸通红，王经理，王扒皮王有志是你侄子，对吧？他打了汪芬芬的男朋友，你怎么算他的账？王扒皮收我们工人的好处费，你怎么算他的账？"好处费"一词勾起女工们的伤心往事。王经理，你要讲公平，我们就来算算王有志得了多少好处费，做了哪些恶心事缺德事。女工们吵嚷着，有个女工趁机撞倒了王良胜的茶杯，水顺着桌沿流下来，王良胜的右裤腿被浸湿了一大块。

王良胜陷于人民的汪洋大海，无数张嘴巴射出无数子弹射向他。他看到了梅艳方，梅艳方抱着一床被子出现在门口。女工们让开一条道，梅艳方走到王良胜面前，王经理，我请教你，国家法律哪条哪款规定能够随意对他人进行拍照，是你王经理的法律，还是他王有志的法律？王有志平时对汪芬芬做了哪些见不得人的事，你晓不晓得？我告诉你，汪芬芬当时手上抓了一把剪子，要不是我把他甩开，汪芬芬一剪子剪死他。梅艳方说到这里，嗯一下抖开手中的被子，铺在地板上。王经理，你要打要罚，我认，但王有志必须向汪芬芬和她男朋友当面道歉。不道歉也行，我今天就住在这里，等你王经理找出一条法律依据来。

5月8号，暗线来电话。梅矿长，艳方今天辞职了，她一走，我们公司空了一半。哦，怎么空了一半？梅得生心里又一慌。邱红兵说公司里有几十个女工不干了，要跟着艳方一起走，她们打算去中山市找事做。您放心，中山市比小榄镇大得多，有的是机会。梅得生说，桃喜，你听到没有，我们家艳方多豪气，一走带一批人走，你前几天还哭啊嚎啊。崔桃喜说，要那豪气做么事，我只要她平平安安。梅得生说,这才是老子梅得生的姑娘,年轻的时候都没有一点豪气,活到老,也是白活。

梅艳方在地板上没躺到三个小时,王良胜败下阵来,撤销了原有处分。如果梅艳方、汪芬芬和她男朋友愿意,可以继续留在公司。至于王有志的当面道歉,王良胜赔笑道,我已经撤了他的保安岗位,回车间去做事。你看,他能不能手写一封道歉信,签上他的名字?梅艳方说王经理,要是再发生汪芬芬这样的事,再有一个"王扒皮",我还会去找律师帮我们,你信不信?

7月9号,中山市一个号码打回五矿。这次,接电话的是崔桃喜。妈,你这几天注意收包裹,我给你买了两件冰丝的短袖衬衣,广州这边流行穿这种料子,穿在身上很凉快。妈,包里面还有一个电动剃须刀。今天不是爸的生日吗?崔桃喜抹着眼泪,艳方啊,你哪天回来,你房里的东西,我原封原样没动它们,床单被子洗得干干净净的。

梅艳方房里,靠右边墙摆着一张单人床,床上铺着米白色的床单,叠放着米白色的被套和米白色的枕头。正对着窗口的书桌上,三四枝金黄色的小菊花插在一个米白色的瓷瓶里。正上方的天花板上,悬挂着一串由二三十个白色千纸鹤连缀成的风铃。风一吹,铛铛作响。

1999年,梅艳方第一次回家时,我已经离开了石膏矿。

听说，梅艳方带回一个广西柳州男青年，身子粗笨，又矮又胖。又说，男青年笑起来，眼睛里深情款款，好似发哥。又说，梅艳方时不时还会在白手绢上绣字，送给那些恋爱中的女工。梅姐，这个发是么意思？发财的发？梅艳方说，你说它好不好看？女工说，好看。梅艳方说好看你就收下，扎在你男朋友工装口袋里。

后面这个听说，有点像一个传奇。上世纪九十年代，我们清宁石膏矿总是有很多传奇。

【补录五】

这个城市的人喜欢吃虾，我是知道的，网上铺天盖地煽情，"人生第一吃""人生必一回""不吃此虾，枉为人""虾，食之本也"。等到朋友带我走进这条街，还是吃惊不小：蒜蓉小龙虾，麻辣小龙虾，啤酒小龙虾，深夜食堂小龙虾，势不可挡小龙虾，夫妻小龙虾，张哥小龙虾，刘姐小龙虾，放眼一看，全是虾。朋友让我在虾中巡了两趟，领略虾中风景，随后直奔这家"人间烟火味，最是小龙虾"。

店内外十几张桌子，张张桌满。收银台前，一个中年男人按计算器按得啪啪地响。朋友叫道，李哥，帮我支张小桌子，俩人。男人丢下计算器跑出来，哎呀，王大作家好长时间没来了。朋友说，打住打住，这才是大作家。男人忙忙地擦手，掏出烟来敬。男人矮胖，小鼻子小眼，一件白T恤衫将大肚子勒出两道横杠杠，弥勒佛的脸笑成一张大圆饼。

就着一箱扎啤，一份蒜蓉虾，一碟花生米，朋友和我大论诗道。诗是什么，诗就是生活，我管它口水体还是分行体，有烟火气的才是诗。陈老师，你看这里，这生活，像不像火车，动车，像不像高铁，哪一刻停下过？轰轰轰往前开。朋友指着一圈热气腾腾的食客，又指着银光闪闪的店名叹道，好啊，这个名字，好，有味。

我们隔壁那桌，吉他歌手正扯着嗓子唱"曾经是对你说过，这是个无言的结局，随着那岁月淡淡而去。我将会离开你，脸上不会有泪滴"。一桌吃虾人摇头晃脑的，敲筷子打节拍，忘了吃虾。诗人朋友情不能禁，跑过去抢过话筒，"但我要如何如何能停止再次想你，我怎么能够怎么能够埋藏一切回忆，啊，让我再看看你，让我再说爱你。别将你背影离去。"众人齐声呼叫"好"，掌声笑声拍桌子声四起。一个大块头女人端一盆蒜蓉虾走过来，笑道王老师，别将你背影离去。我一看这女人，呆住了。

梅姐……

陈栋梁！

第五章　英雄梅艳方　149

添酒回灯重开宴，上酒，上虾，上人。梅艳方坐在我对面，吆三喝四，老李，拿包烟来；老李，去后面做盘虾球来，你亲自做。弥勒佛老李连连应声，脸上的笑堆得挂不住了。

几年前，程美丽家儿子做十岁生日时，我见过梅艳方。她忙着帮程美丽摆放酒水，清理酒桌。我们没说上两句话。现在看她，身架还是旧模样，只是身宽身厚略有删减。

诗人得知我和梅艳方是老友相逢，比我俩还兴奋。梅姐，讲讲你和李哥的创业史，陈老师大笔一挥，保管你们生意兴隆，开门大发。我那小豆腐块文章不顶事。梅艳方呵呵直笑，提起一杯酒和诗人干了，说，我一个卖虾的，有什么好写的，莫浪费你陈老师笔墨。老李在一旁接话，哪里没有写的，有啊，陈老师。这些年，我们折腾好多事情，开过小超市，卖过周黑鸭，卖过柳州螺蛳粉……老李兴致浓，边替梅艳方剥虾壳，边数家史。梅艳方打了他一拳，笑骂道你烦不烦啊，嫌不嫌丢人，就记得你柳州的螺蛳粉，没酒了。梅艳方晃着手上的空酒瓶。老李得令，连忙起身去店里搬酒。他又回过头，笑着对我说，陈老师，多喝点，我有的是酒。他那一笑，我觉得好熟悉，双眼微微眯缝，嘴角上扬。

梅姐，把你家泡的药酒拿出来喝两口。

梅姐,给我们上一份刀拍黄瓜。

梅姐,到这边来喝两杯。

四下里响起"梅姐",她高声应着,右眉心那颗黑痣欢快地跳跃。

第六章 "铁匠"黄大安

1

花想姣趿着拖鞋,踢踢趿趿踢到刘翠仙的理发店。翠仙,你一点都没有注意到?陈爱香不是喜欢在你店里弄头发吗?刘翠仙说,她又不是现在才弄头发。花想姣说,不对呀,陈爱香和秦希望约会,肯定要把头发做漂亮一点,你没发现?刘翠仙说,陈爱香一直就是波浪长卷发,我发现个么事。花想姣右脚跷起来,用力踩粘在左脚拖鞋上的细碎头发,说,我的个妈天,刘翠仙,你的眼睛纯粹一个聋子的耳朵。我们忙着上班没个眼睛看,你呢,你也没有看到?你再仔细想一想,他们跑之前,有没有一点兆头?刘翠仙气上来了,哎,哎,你这说的什么话?你给了我监视费,还是黄大安给了我监视费?你这才是稀奇。刘翠仙说着便收捡夹剪,剃头,梳子,围裙,一阵哐当哐当地乱响。走了,走了,关门,关门。刘翠仙边说边推花想姣的背,往外撵她。由着花想姣这张喜鹊嘴巴在她店里说长说短的，她对不住她的老顾客黄俊杰。

这几天，王老二的小卖部啊，刘富有的"好再来"餐馆啊，还有花想姣的工作小组，处处是私语，处处是小话，咬耳朵。大伙儿三个一堆，五个一群。说者和听者一个个眼睛发亮，脸上放光。

陈爱香跑了，秦希望跑了。

不是你跑你的，我跑我的，是两个人一起跑，也就是说陈爱香和秦希望私奔了。陈爱香，有夫之妇，四十三岁。秦希望，单身汉，二十六岁。如此情事在我们矿上没有出现过，从来没有。五十年之怪现状。这真是一件叫人痛快淋漓的事情。

陈爱香和秦希望扔出的原子弹，炸活了整个五矿。处处的私语人，说到"爱情"，说到"私奔"，个个面红心跳，恨不得自己也去破个历史。花想姣说，我的个妈天，几十岁的人了，搞这名堂！刘富有抢白道，你这就落后了，哪本书上说几十岁不能有爱情？啊，伟大的爱情，你与年龄无关。刘富有敞开双臂，作抒情状。

前段时间，我们矿死气沉沉。特别是那批再过几年就能退休的人，最接近死人样。他们沉着个脸，走路看脚尖。井下割岩的，凿炮眼的，填炸药包的，割割割，凿凿凿。干完了今天，就没有明天似的拼命。平日里，成天叫着井底下的活累活苦，一年四季不见太阳。这下子可好，让你天天在地面上晃，天天见大太阳。

早在这年年初，有个小道消息就传遍了两条小街。矿区即将改名改姓，矿区不再叫矿区，叫公司；矿长不再叫矿长，叫董事长。矿工呢，还是叫矿工，但矿工和矿工不一样。前者是国家的矿工，后者是私人老板的矿工。黄大安说老子才不做资本家的矿工。哧，你不做？人家老板要不要你还是个问号哦，刘富有说，人家老板高兴要你，你继续下你的井挖你的膏；人家不高兴，你拿了一次性补贴滚蛋走人。你还以为你是个金疙瘩！

矿工黄大安，向上追溯，他爸黄百元，矿上第一批解放后的矿工，向下延伸，他儿子黄俊杰，第三代矿工。按黄大安的旧日设想，他再下几年矿，人生就画上了圆圆满满一个句号。现在却只能画个逗号。小道消息说，人家新老板只要年轻力壮的。

几辈子的人都在井底下谋生活。咋能半路上撂挑子，说不要就不要。一伙人把黄大安推到队伍前面，去找秦寿生矿长。秦矿长客客气气发完一圈烟，走到黄大安面前，身子微微向前倾，"噗"摁燃打火机，给黄大安点烟，我的黄师傅啊，这不叫撂挑子，这叫国企改革。黄大安深吸两口，吐出一缕烟，烟雾长而迷离，袅绕在矿长面前。黄大安也不看秦矿长，只看着飘散的烟雾说，改革改革，我不管，我们要做事，要吃饭。寿生矿长把黄大安肩膀一按，按到椅子上坐下，又手掌向下压，示意贺永和等几个人就坐。秦矿长说，你们成天不出门，不晓得现在是什么形势，你们到矿外去了解一下，都在改革，大势所趋。矿上的效益你们也看到了，一个月比一个月差，再不改，大家都没活路。你大安，你老贺、老张。你们这些老工人、老功臣，也不想看到矿垮下去吧，我们的子女都还在矿上。秦矿长说的是实话，矿上的光景确实一年不如一年。去年年底，矿工会连最基本的年关福利都给取消了，一箱牛肉罐头，十斤红皮花生，十斤奶油瓜子，二十袋卫生纸，全没了。

认不认真做事，是一回事，有没有事做，是另一回事。尽管黄大安是个"刺儿头"，但人要做事这个基本道理他还是懂的。牛要耕个地，鸡要下个蛋，人不能连牛和鸡都不如。

我们这批第三代矿工倒没什么值得忧心的，此处不留爷，自有留爷处。林继勇说，妈的个巴子，老子早就不想干了，死不死活不活地留在矿上，冇得意思。他撞黄俊杰的肩膀，喂，你么打算？黄俊杰拉着他那张马脸，闷声闷气道，么打算？冇得打算。黄俊杰随黄大安的性子，人闷，话少，三棍子打不出一个屁。打出来，就是个响屁。林继勇又问，要是我们这些人不搞了，矿里算多少钱，一年补多少，你妈晓不晓得？黄俊杰仍是闷声闷气，关我屁事。林继勇气歪了脸，提脚照准黄俊杰的屁股飞起来就是一下，黄俊杰，我老子算是服了你，火烧到眉毛，你屁都不去打一个。

2

"铁匠"黄大安，现在越发像一个危险人物了。

走在青石板上，黑云遮脸，抬头看天。大伙儿也希望他看天，他看天，大伙就不用与他直面，不会在打不打招呼，如何打招呼中犹犹豫豫。一匹狼中了致命一箭，最好的相处之道是避而远之。有人避开他，去探看他父亲黄百元的情况。

走过王武的早点摊，再走过邱国安的酒坊（下夜班的人，出了井，会到酒坊里打二两酒，端到早点摊那里就着油条喝），再走，走到街尾，一个白胡子老头在那里卖鸡。

白胡子老头有十二只鸡，七只母鸡五只公鸡，其中两只大公鸡被骗过，三只没骗。没骗的比骗过的肉膘长得要厚实。这也难怪，公鸡挨了骗，失了性欲，不能再由着性子趴在母鸡身上胡闹，只好长肉。肉长够了，等一把刀来割断脖子，丢进罐子里煨汤。肥膘公鸡缩在鸡筐一角，嘶嘶哑哑地叫，凄凄惶惶等死期。死期却是遥遥无期——没有人买。也不是没有人买,是卖的人瞎卖。

鸡多少钱一斤?

五块。

卖鸡人竖起五个手指头。

你少点,少点。

八块。

卖鸡人竖起八个手指头。左边五个,右边三个。

你这是卖的个么价,少一点少一点。

十,十。

卖鸡人笑眯眯伸开十个手指头。

神经病。那人甩下一句话,气哼哼地掉头就走。

白胡子老头就这么一天一天的,和十二只鸡坐在街尾,五个手指,八个手指,十个手指,伸得津津有味。早上挑十二只鸡上街,晚上挑十二只鸡回家。十二只鸡对于快刀斩乱鸡,早死早投生这个期许,也彻底陷入绝望。

怪老头,有病。问价人背过身去,言之凿凿地恨恨下断语。这话叫工会主席贺长庚听到了,贺长庚训道:你老了,你不糊涂?你小脑袋不萎缩?

小脑袋萎缩的白胡子老头正是黄大安的父亲黄百元。三年前,黄百元穿衣服穿出很多新花样,裤子往头上套,毛衣缠在大腿上,袜子戴在手上。他拿着自家的钥匙到处捅门锁,捅我家的门锁,捅贺好枝家的门锁。"姆妈,姆妈，我要进去。"黄百元一屁股坐在贺好枝家门口，蹬着双脚，呼天抢地。黄大安羞愤难耐，扯起他往家里拉，"你老糊涂了，你妈早死了一百年。"

一个光荣退休十几年，无病无灾的老矿工，老着老着，老成这个样子。贺长庚于心不忍。想当年，也就是邱红兵失去第二任爸爸那年，贺长庚还是一个井下工人。那天他正在炮眼里填炸药，头顶上的石膏层突然发力下坠，师傅黄百元大吼一声"快跑！"猛力推了贺长庚一把。要是没有黄百元那一吼一推，贺长庚的半个脑袋早被石头拍进了脖子，如同邱红兵后爸那样，哪里还有后来的贺主席。贺长庚动用矿上小轿车亲自送救命师傅去清宁市第一人民医院，被诊断为小脑萎缩，导致行为异常。

这天，来探看黄百元情形的刘富有刚走到街尾，就听到成千上亿的血分子在空中嗡嗡嗡直响，奔向他鼻孔。刘富有赶紧捂鼻子。这味太冲了。鸡血？刘富有待上前一看究竟，迎面撞上往后撤退的林爱国。"杀，杀……"修钟表的林爱国慌慌张张，言不成句。说话间，只见一只无头黑花大公鸡腾起半人多高，血顺着鸡颈口往下滴。再一看，鸡筐子前面已经东一只西一只扔了满地无头鸡。有的拍翅膀；有的蹬腿；有一只蹦了两蹦，没蹦起来，鸡身子一抖两抖，鸡颈一耷拉，不抖了。十一个鸡头伸着它们尖尖的鸡喙，死不瞑目——没想到死期来得如此突然，如此暴烈。最后一只老母鸡的头尚且还留在颈口上,它急得在筐子里乱转,边转圈边咯咯咯地叫冤。鸡固有一死,但不能这样死,尸首一旦分离,它在炖锅里就忘了自己到底是一只鸡还是一只鸭,下辈子投生为鸡或是为鸭,叫它左右为难。眼见筐门转不开,老母鸡拼着一口老气,向上一冲,不想筐顶把它压了下来。再冲,又压下来。第三冲时,黄大安掐住它的脖子,拖出鸡筐。鸡脖子按在地上,黄大安举起刀。寒光一闪,正在围观的花想姣吓得赶紧扭过头去。那无头老母鸡扑棱着跳,一跳跳到她肩膀上。温热的鸡颈直插进花想姣嘴里。"啊啊啊",她连叫几声,吓得五魂丢了三魂。若不是刘富有及时扶住她,花想姣非昏倒在一摊鸡血中不可。

黄大安两只血手往衣服上擦,擦了半天,手还是红通通的。他将在地上扑腾的老母鸡踢进那堆无头鸡里,冲刘富有道,拿走。刘富有连忙说今天餐馆里不买鸡。黄大安眉毛抬了抬,铁青着脸,低声道我叫你买了?拿走,白拿走!说罢,从他面前昂然而过,一走一个血脚印。白胡子黄百元坐在空筐子面前,笑眯眯地举着他的五个手指头。

他哪里是要杀鸡哟,他是要杀人。懂不懂,你们?人不能杀,只有杀鸡。当天中午,花想姣就杀鸡一事给出了说法。

他呀，一看就是要杀人。眼睛血红血红，举刀利落，下刀果断。修表匠林爱国眉飞色舞，横起右手掌朝自己脖子上抹。你们是没看到那场面，咔咔，咔嚓，大安剁掉十二个鸡头，全程没有说一句话。

你最划算，一分钱不花，白捡十二只鸡。花想姣揶揄刘富有。

刘富有得了便宜，自然晓得卖乖，说晚上都到我馆里来喝酒，香菇炖鸡。

花想姣撇嘴笑，哼，你那香菇怕是不好炖鸡啰，小心哪一天黄大安找你要鸡。

3

黄大安要杀人。

不能杀，也要杀。杀光了鸡，杀人。

人？

哪个人？

我们又是忐忑不安，又是兴奋。紧挨着我们矿的翟家湾也在传说黄大安要杀人。铁匠跑了老婆，不杀人不行。

杀秦希望？秦希望"南下"了。杀陈爱香？陈爱香也"南下"了。黄大安杀十二只鸡的时候，秦希望和陈爱香这两股涓涓细流早已汇入南下打工潮中。广州还是深圳？矿上没有人说得清楚。刘富有喝多了酒，仗着酒胆笑嘻嘻问秦矿长，矿长，你侄儿秦希望到广州去了？秦矿长冷着眼盯住他，说刘富有，你吃多了盐。

总之，无论他俩在何地，以何种关系相处，黄大安的杀人刀都不能落到他们脖子上。再暴打陈爱香一顿，也不可能。

陈爱香一米六八左右，背影看去，完全是个少女，细腰，翘臀；正面看也经得住看，脸上无斑无点，肤色白皙，透着中年妇女少见的红润。

去年冬天，我、憨憨季博文、黄俊杰三个人从四矿那边回来，碰到黄大安。他说走走走，去我家吃饭，今天刚好炖了藕汤。我说，不麻烦黄叔。黄大安说吃个饭几大个事，走走走。我说，真的不用。憨憨听我这样讲，也憨头憨脑道，不麻烦黄叔。黄大安说你们怕我饭里下毒，毒死你们？黄俊杰在一旁急赤白脸，爸，他们有事。黄大安眉头一皱，厉声道，比吃饭的事还大！他不由分说一手拉我，一手拉憨憨，我们乖乖地跟着后面。难得一个闷声闷气的人有这番盛情，我们两个要是再胆敢说麻烦，他一定会恼。黄大安是个危险人物。危险来自他沉默中的爆发。不管你是阎王老子玉皇大帝，他都要铲平你家神龛子。

有一天早上,他在王武的早点摊那儿过早,恰巧矿上书记刘爱民也在那里,两个人一前一后两张桌子上吃面条。吃到小半碗,黄大安扭过头,冲刘爱民道,你不能闭着嘴巴吃?嗯地嗯地响,是猪吃食啊?刘爱民清早出门撞了鬼,遭了黄大安这"刺",心里直冒火。他忍下这口恶气,笑道,闭着嘴巴怎么吃哩。刘爱民这一笑,原指望自己这般大人大量,黄大安不再刺他。哪想到,黄大安身子一转,转到与刘爱民面对面,猪吃食也没有你这么响!说着,他端起刘爱民的面碗,猛地往桌上一搁,刘爱民的白衬衣胸前立刻溅上五块油污。

爱香,来客了。黄大安进门就嚷,陈爱香从厨房里探出头来,轻轻一笑,来了啊,坐,坐。像我们早和她约定好了似的。她身穿一件大红长毛衣,腰间系着细碎白花的围裙。饭菜端上桌,我一看,吓了一跳。蔷薇红腊肉点缀碧绿生青豆苗,水嫩欲滴莴苣配一袭奶白竹笋,片片青绿小香葱洒在汤汁浓白的藕汤上。这一幅工艺画,哪里是给矿工吃的啊。憨憨季博文举筷就要夹蔷薇红腊肉,我连忙打他的胳膊,小声道,等一会。憨憨季博文脑瓜子有点不完整,半傻。我不能让他见了好吃的就扑上去,丢青石帮的脸。黄大安夹了三块腊肉堆在憨憨饭碗里,说做了就是吃的。陈爱香解了围裙过来说,也不知道你们过来吃饭,没有好招待,家常便饭,吃饱啊。我站起来敬让道,陈股长您来一起吃。你们先吃，先吃，她说，转身去房间。那一转身，格外地轻盈，像是杨柳枝在春风里荡漾。杨柳枝上会残留"黄铁匠"的拳头印？我向房门口瞅了瞅，房门半掩着，房里悄无声息。

杀猪的贺安良打老婆，采掘工梅得财打老婆，这些事全都青天白日的，一点也不遮遮掩掩。贺安良的老婆挨杀猪刀砍一样，瘫坐在屋门口，叫得惊天动地，打死人了啊，打死人了。梅得财的老婆则头发蓬乱，衣衫不整往街上冲，冲到矿长办公室，一把眼泪一把鼻涕叫矿长主持正义。

陈爱香不。

陈爱香永远衣着得体，毛衣是毛衣，裙子是裙子，熨帖整洁。波浪卷的头发一缕一缕，纹丝不乱。路上遇到人，她略一点头，浅浅地笑，不多言，不多语。在她身上你看不出挨打这件事。但是火毕竟包不住纸，有人发现了异端，并且总结出规律：陈爱香穿高领毛衣高领秋衣时挨过打，穿长衣长裤时挨过打，波浪卷头发披在肩上时挨过打，系纱巾围巾时挨过打。挨过打，脖子上胳膊上腿上的青一块紫一块都需要遮盖物。花想姣赌咒，说，贺好枝，要是我花想姣说错了，你拿我的眼睛是问。

真不是个东西，他拿什么配得上人家陈爱香，人长得好看，性子又好，他还舍得下死力气打她。贺好枝愤愤不平。她死去的前两任丈夫从没有对她伸过一个手指头。现任的刘先道更是对她温温存存，说一句重话都怕风吹过去，吹倒了她。

这还真是被你说中了，要是陈爱香长得不好看，性子又不好，说不定还不挨打。你想啊，这么好一个女人捏在手上，哪个男人心里不慌？肯定慌，肯定担心一不小心搞丢了，叫别的人惦记上了，那就只有打呀。打一次证明一次，证明陈爱香是他的东西。这叫恐惧失去症，晓得不？恐惧。人最怕的就是恐惧。花想姣像个哲人，振振有词。

你这话……贺好枝意欲反驳，想了想，又一时语塞。花想姣的话不无道理。有一天晚上，她就目睹了黄大安的恐惧失去症。陈爱香静静地坐在椅子上，泪水在她脸上无声地流。人高马大的黄大安伏在陈爱香怀里，扯住她的手，要往他脸上扇，你扇我，扇我，我再打你，我不是人。陈爱香咬紧嘴唇，身子尽力向后扭。我再打你，我就不是人。黄大安满身满嘴的酒气。我不是人，我不是人。黄大安动手扇自己，左边脸扇两下，右边脸扇两下。陈爱香浑身战栗，发出小兽哀鸣般的哭泣。黄大安大放悲声，爱香，爱香……那哭声如同一个六七十岁的老儿子，死了爷娘老子般凄惨无助。

4

早上八点钟，黄大安把秦矿长堵在办公室门口。

不巧啊，黄区长，我马上要开会。秦矿长连忙找理由躲他。

我等你开完会。

十点半还有一个会。

你开你的会。黄大安说，他把随手带来的小马扎搁在办公室门口，一屁股坐下去，挡住了大半边通道。财务股劳资股和供应股的人，一个个屏息静气，侧着身子从小马扎旁边经过。秦矿长说，黄区长，你到我办公室里来等。黄大安说，就这里，蛮好。他稳稳地坐在小马扎上。

会议开得长。三个股室轮番陈述各自数据，分析对比，负利润账摆在账面上。眼下七月份情况更是堪忧。就算是取消当月的下井补助，账务股报出的数据最多也只能支付工资总额的百分之六十。

上个月宣布取消井下工作补助，三大采区就各自派出代表找秦矿长要说法。取消国家规定的补助，那要国家政策搞么事？秦矿长说国家规定是死的，矿区实情是活的。不瞒你们说，现在你们多采上来一吨石膏，矿上就多损失一两百块钱。黄大安说，这是太阳从西边出了，老话说的多劳多吃，少劳少吃，这天大的道理不是道理了？秦矿长说现在是市场经济，你们懂不懂？市场经济！秦矿长略一停顿，扬声又道，咱咬咬牙，一定能熬过这个难关。过不了多久，该发给大家的，一分钱也不会少。大家要相信我们，好不好？秦矿长轻轻敲着桌面，脸上全是情真意切，代表们只能怏怏地返回岗位。毕竟是井下吃苦力的人，不怕咬牙。但现在工资只能发百分之六十，实在没法对矿工们交代。

会议室里，大家旋转着手上的圆珠笔，眼睛或是看笔记本，或是看着某一面墙壁。秦矿长咳了一声，大家以为他要讲话，目光一齐投向他。他掏出烟，给坐在旁边的刘爱民书记发了一根，又起身把他后面窗户打开。会议开不下去，只好抽烟。会议又不能散。散了会，他得面对黄大安。

杀尽十二只鸡，我们期待的杀人流血事件迟迟没有发生。过了一个星期，黄大安来寻矿长秦寿生。

黄大安说，我要当三采区区长。

先喝茶，喝茶，我倒茶你喝。秦矿长心里直犯嘀咕，先前为了调动黄大安的劳动积极性，也是为了稳住他，避免他动不动就和工友闹事，曾经动员他当割岩组组长。黄师傅，你不当组长，石膏产量提不起来啊！黄大安笑道，提不起来，关我屁事。

黄大安推开热腾腾的茶杯，我不喝茶，我要当三采区的区长。

老黄，黄师傅，区长这个活吃亏不讨好。

我要当区长。

三采区的区长干得好好的，你叫我怎么去把别人换下来？

二采区。

二采区的没特殊原因，也不能换下来啊。

反正我要当区长。

黄师傅，我和你关起门来说实话，先前效益好，当个区长在奖金待遇方面还有些赚头，你说，现在……

黄大安腾地一下站起来，秦寿生后退一步，惊愕地看着他。黄大安说，我不要效益，我就要做事。

你现在也是在做事呀，谁让你不做事？

我要当区长做事。

三采区的区长，也就是我们青石帮新任老大林继勇倒是乐于让贤。林继勇嬉皮笑脸的，矿长，我同意，黄师傅比我更合适，他一声令下，哪个敢不听。秦矿长苦笑道，林继勇，我给你说清楚，你要带头，第一个听他的安排。林继勇双脚并立，右掌并举在额前，Yes，Madam！

是同情黄大安的丢妻境遇，还是惧怕黄大安眉毛一拧，或者两者兼而有之？三采区的采膏人跟在黄大安后面，像狼，又像虎，恶意冲天扑向石膏。黄大安原本就是一把干活好手。割岩，凿炮眼，充填，装车，全矿没有几个是他的对手。

林继勇一副累断了气的鬼样子，黄俊杰，你老子不要命，我这条小命不能不要啊！累垮了我林某人这副好身板，你未来的嫂子要找你算账。黄俊杰不接话，一张马脸拉得老长。林继勇又说，听到没有，父债子还。黄俊杰说，关我屁事。

黄区长任职三个月后，又来找秦矿长。

秦矿长正在喝上午的第一杯茶。黄大安胡子拉碴的，一脸一身的石膏灰。黄大安张口就道，秦矿长，我要当副矿长，分管生产。一口茶从秦矿长嘴里喷出来，喷湿了半边办公桌。秦矿长忙忙地抓起毛巾擦桌面，黄区长你坐，你坐，我们坐下来说。他心里连叹，疯了，疯了，这黄大安真是疯了。秦矿长小心查看黄大安的脸色。黄大安的脸硬若磐石，不喜不怒。秦矿长说，刚下夜班，还没有吃早饭吧，咱先去吃饭。

黄大安说，我要当分管生产的副矿长。

这个，可不是我说了能算数的。

三采区的工作量连续三个月是不是第一？

是，你们是别人工作量的几倍。

我是不是一个好工人？

当然，当然，你老黄搞起事来，没得话说。

我有没有领导能力？

嗯，黄区长。

你说，我有没有领导能力？

哎，黄区长。

黄大安不说话了，他的要求以及要求的理由陈述清晰，不必再费口舌。办公室静下来，黄大安端坐在矿长办公桌对面，纹丝不动。秦矿长的茶水杯冒出的热气细若游丝。茶叶在水中上下沉浮，随后安安稳稳地沉到了杯底。秦矿长觉着胸口憋得慌，他扬声叫道，小王，你赶紧给黄区长买早点来。黄区长下夜班还没吃饭，一碗热干面两根油条？他扭头又问黄大安。黄区长，你先吃，我呢，去找书记，我们研究研究。

秦矿长来到书记刘爱民的办公室里，递上一支烟。烟抽到一半，秦矿长说黄大安要当副矿长，分管生产。爱民书记一听，大笑，抓生产这事，你老秦说了算，你拍板。秦矿长说，哎哎哎，老刘，咱不兴这样啊。爱民书记笑道，要不，你叫你侄儿把陈爱香还回来。秦矿长弹了弹摇摇欲坠的烟灰，说，正经点，说正经事。爱民书记也弹烟灰，说，那怎办，你说嘛。

秦希望，潘桃县人，我们五矿销售股股长。按秦希望的说法，他尊称秦矿长为叔叔极有渊源。他祖父那一代，与秦矿长的曾祖父是叔伯的侄叔关系，因各自谋生，一个落户清宁，一个落户潘桃。秦希望个子不高，眼睛细长，单眼皮总是微眯着，仿佛总是在笑。秦希望不在我们青石帮买马招兵范围内。男人嘛，不出苦力气挣钱，成天笑笑笑的，算什么男人？我们在街上见到秦希望的次数不算多，他要么坐在办公室里，要么出差跑业务。黄俊杰在他妈陈爱香的办公室见过他一面。陈爱香坐着，秦希望站在她身边，黄俊杰进去时，他俩的头凑在一起，正核对收据上一个数字。

秦矿长把烟蒂狠狠地按进烟灰缸，说哪个王八蛋说秦希望是我的侄儿子。爱民书记略一抬身子，给秦矿长递上一支烟，说，好了，好了，莫怄气。秦矿长说你摊上这事，你怄不怄气！

我们猜测黄大安的刀要落在谁头上时，着实为秦寿生矿长捏了一把汗。幸而黄大安不提刀，他只是要做一个区长。区长这活，在目前形势下，没啥油水可捞，他要做区长随他便。谁曾想，黄大安得寸进尺，要做分管生产的副矿长。

他明天还要当矿长当书记的！秦矿长猛吸一口烟说道。他有苦说不出，工人们背着他的那些议论，多多少少灌进了他的耳朵里。工人们说陈爱香管财务，秦希望管销售，秦寿生管生产。等到他秦寿生也跑出去，他们秦家就可以开出个石膏矿来。

5

黄大安催起活来像催命的，催命鬼。刘先道边说边摆头。仿佛一根索命的绳子正牢牢拴在他脖子上。刘先道这个外乡人，入赘五矿，和贺好枝重组家庭。他一向老实，不议论世事。

别人早中晚三倒班，黄大安不倒班，连轴转，累了，采空巷道里身子一歪困一觉；饿了，刘先道梅得财一班老工友给他带饭。陈爱香走后，他儿子黄俊杰混在林继勇宿舍里吃，他爸黄百元的饭，由好心肠的贺好枝包了。做好热饭热菜端过去，摆在他面前，黄师傅，吃饭。他笑嘻嘻地摆手，说俊杰他妈妈做饭。黄百元残存的记忆里，仍旧保留着儿媳妇陈爱香做饭这个画面。贺好枝说，黄伯，俊杰他妈妈出门走亲戚去了，这是她做的饭。黄百元这才肯接过筷子。

你说，他黄大安不管老子不管儿子，到底为了么事？贺好枝想到白胡子老人黄百元端起碗那痴痴呆呆的样子，实在是想不通。

当官。

你莫听那些人胡扯,他黄大安是个要当官的人?我们几十年的老工友,我不晓得他的为人?自己吃饱,百事不管,别人死人翻船和他没有半毛钱关系。

他今天上井又去找秦矿长,要当矿长。

矿长?贺好枝惊讶地抬高声量,矿长,黄大安……?

副矿长,分管生产的副矿长。

啧啧啧,这才是……这才是……贺好枝舌头打着哆嗦,去厨房里盛饭,要给白胡子老人送饭了。刘先道摆菜摆筷子,摆上两个酒杯。早上他和黄大安一起上井时约好了,到他家吃饭。饭桌布置妥当,刘先道站在自家门口朝五矿办公楼那边望。刘富有提着十几斤大蒜往餐馆里去,问,怎么,在等大安矿长?刘先道说刘老板,你瞎开玩笑。刘富有嬉笑道,你这个刘先道,请大安矿长吃几餐饭有什么不能说的。把他照顾好,他明天当了矿长,还不回报你?回报大大的。刘富有这人,最喜欢说些不咸不淡的怪话。

我们五矿都知道黄大安要求当副矿长了。五矿子弟小学的季德君校长叹道,一万年来谁著史,三千里外欲封侯啊。刘富有道,封侯,什么猴子?季校长瞥了他一眼,说道,当官,求取功名,当副矿长。

黄大安……还要当矿长?笑死个人啰。刘富有说,他偏着头,认真挖鼻屎。

刘富有，不就是人家在你餐馆里发过几次酒疯，摔了几次杯子盘子吗，用不上说这些鬼话。你现在只说说黄大安为什么要当副矿长？花想姣顶刘富有的杠。

刘富有往地上弹出一团鼻屎，说这还不简单，陈爱香一跑，把他跑苕了，跑得脑袋不清楚，不晓得天有几高地有几厚。他要一个官当，当给陈爱香看，证明他黄大安有本事。

你说他脑袋跑苕了，又说他要当个官给陈爱香看，这是个什么逻辑？

咿呀呀，就你花喜鹊懂逻辑。

墙上的闹钟敲了一下，中午一点整。路上还不见黄大安的人，却见贺好枝从街那头慌慌忙忙跑过来，黄师傅……黄师傅不见了。刚才贺好枝端着饭碗去黄大安家，没看到白胡子老人抹鸡筐子。她问隔壁梅得财的老婆看没看到黄百元。梅得财的老婆说，他不是到街上晃去了？贺好枝说这个点，街上都没人了。梅得财的老婆说那要快点去找，这个老糊涂莫不是走失了方向吧。

十二只鸡杀光后，白胡子老人两手空空的，在两条小街上晃悠。在这个摊子前笑笑，在那个摊子前笑笑，一上午就笑完了，晃晃荡荡晃回家，坐在小凳子上抹空空的鸡筐子。筐边，筐提手，筐底，抹得油光水滑。

我把两条街找遍了，我还问了王老二他们，说早上看到他在街上晃过。这个老头啊,急死人。贺好枝说。

我去找黄大安,你去男工宿舍那边喊黄俊杰。刘先道说罢,夫妻两人兵分两路,急急地去寻人。

秦矿长叫黄大安堵在办公室里正无计可施。他苦着脸,黄区长,石膏矿马上就要改革了,你现在让谁批你一个副矿长?黄大安说我干活一个顶三个。秦矿长说这与一个顶三个顶四个没关系。黄大安脖子一梗,叫道我不是要当这个官,我是要……要一个保证。好好好,你说,你说,什么保证?我,我……黄大安刚"我"了两下,办公室门被撞开了,黄俊杰冲进来,黄大安,我爷爷不见了!

6

秦矿长打头,黄大安随后,刘先道、贺长庚、林爱国、林继勇、我,最后是黄俊杰,汇合在办公大楼前。两盏探照灯明晃晃照射在大伙儿脸上,脸上的疲惫,心急如焚,一无所获,怨恨,全都暴露无遗。

先是向外扩散寻找,翟家湾、通往清宁市的电平车铁轨、宝峰河对岸的王家湾。后来把范围向内缩,电影院后面的狭窄巷道、停车场、废弃的斜井、选膏车间的库房,角角落落翻了个遍。没有,没有黄百元。黄百元并没有失脚掉进哪个坑里洞里。贺好枝忽地大腿一拍,大叫道,宝峰寺,宝峰寺啊!黄俊杰一听,扭头就跑,我跟上去。

宝峰寺像一个野外客栈。赶远路的,收破烂的,乞讨的,流浪的,和父母赌气不肯回家的孩子,和男人赌气不肯回家的女人,各样的人,在寺庙里过一天两天是常事。临走前,在功德箱里扔上一块钱两块钱,不扔也可以。老和尚说,寺庙住菩萨也住凡人,住强盗也住贤明。我爷爷说,强盗可是住不得。老和尚说,放下屠刀立地成佛。曾经有一次来了个收破烂的老头,腰里还别着一个酒瓶,晚饭时,他就着寺庙里的一碗白菜,一小口一小口地喝酒。老和尚眯着笑眼,看他喝。老和尚一脸的有滋有味,就像那酒倒进他自个儿的肚子里。自从小和尚跑到广州发大财后,宝峰寺里就只剩下老和尚了。他念经,打坐,和来往的人说阿弥陀佛,日子过得风雨不惊。

我们赶到宝峰寺,黄俊杰开口就道,我爷爷在你这里?老和尚双手合十,阿弥陀佛,不曾见你要找的施主。

阿弥陀佛,阿弥陀佛,你就知道阿弥陀佛!黄俊杰躁得要去打和尚的手,我赶紧拉住他。我说师父,我们要找的人喜欢举手指头,他脑子……有点问题。师父您想一想,今天见过没有?老和尚合拢手掌,阿弥陀佛,出家人不打诳语。

我们返回黄俊杰家,一行人聚在堂屋里抽烟说话。黄大安顶着一头乱糟糟的头发，坐在小凳子上，神情木讷。秦矿长说，贺主席，你明天再组织一批人分头找，无论怎么样，一定要找到老黄师傅。我现在要回办公室处理文件，明天总部有个会要开。他说到这里，停了一会，黄大安抬起头看着他。秦矿长说，明天正式启动矿区改制各项工作。秦矿长站起身来，大家也站起来。黄大安走到他旁边，说秦矿长，我不是要当副矿长，我是要……他的话未说完，黄俊杰冲到他面前，黄大安，你还在想你的官，你……你是不是一个人？

老子不是想当官，黄大安嘶吼道。他眼神发直，脖子向前下倾，就像是准备挨刽子手的斧子似的。

我和林继勇把黄俊杰拖出门，直接往刘富有的"好再来"去。黄俊杰没有酒量。喝一点，就醉，就倒头睡。他一睡，今天晚上的事就算过去了。两杯酒下肚，黄俊杰趴在桌上，嘴里颠来倒去一句话，怨不得我妈说你怨不得我妈说你。我们一左一右架住他回宿舍，丢他在床上。他的工装裤口袋里露出了信封的一角。林继勇看了那信封一眼，又看我，我不作声。林继勇掏出信封，我凑上前。我们头并着头，生怕漏掉了一个字。

> 俊杰：我对不起你，我不配做你的妈。在你面
> 前，我是个罪人。你哪天不认我，我也绝对不怪你。

世上的事，有得就有失。我得到我今天的自由，失去你，是我应有的惩罚。

至于你爸，我没有什么可以说的。他这一辈子，事事苟且度日，唯有在打老婆这件事上，对自己负了责，认真到了底。这么多年，你也看到了，他不打我，他过不了日子。下井，喝酒，闹事，打老婆。这就是你爸。俊杰，这种日子我过够了。

矿区改革是迟早的事。像你爸这批人，特别是他这样的刺头，能不能继续留在矿上，还不好说。近半年来，我和你爸不止一次商量出路。结果呢，我只有挨打的份。他说他死也不会离开矿区的，他这个年纪不能到外面去喝西北风。

俊杰，你还年轻，出去闯一闯吧。人这一辈子，不可能只在井底下挖石膏。

8

第二天，贺长庚组织的寻人小组毫无收获。黄大安顺着电平车铁轨找到清宁城，询问了十几个人，人人摇头。

第三天，凌晨五六点钟，屠户贺安良开着小三轮车从屠宰场回来，车上两扇肉往外冒着热气，混合着阵阵猪肉的腥味。贺安良每天最早到街上,最早摆开肉摊。这一天,他的三轮车刚开过石膏工艺厂,转弯,忽地,从工艺厂后墙处窜出一个人。贺安良赶紧刹车,失声叫道"黄师傅"。白胡子老头黄百元挡在三轮车前面,脏兮兮的脸,眼角上沾满了眼屎,一道血口子从眼角划到下颌;左脚一只黄球鞋,右脚赤着。他右腿瘸了,走路一拐一拐的。

两天两晚,黄百元老人走过哪些地方,他的腿怎么瘸了,脸上怎么有伤口?又怎么走回来了?这一切只能是未解之谜。早上的集市热热闹闹开张,街上人来人往,大伙看到了黄家三代人,黄俊杰搀着一瘸一拐的黄百元,黄大安垂着头,跟在后面。

1998年3月26日,"清宁市石膏矿五分矿"改名换姓,叫"清宁天宝公司"。秦寿生任公司副经理。黄大安落了空,没有成为天宝公司的新矿工。秦副经理说,董事长,黄大安性子烈,确实是匹劣马,但我们把他脑袋上的龙头拴紧,不愁他跑不快。董事长说,我这里多的是马,秦副经理,我可不想哪天被人骂成猪吃食。秦寿生只好尴尬地笑,他无法兑现许给黄大安的承诺。黄大安说,秦矿长,我不是想当官,我是想,只要我当上了副矿长,有这个地位,矿上再怎么改革,也革不掉我。

黄大安蹲在王老二小卖部那里看人下棋,看蚂蚁爬过青石板。刘富有赐给他一个名字:留守男人。留守男人头发长得像一个野人。野人三天两头就要去光顾刘国培的酒坊，喝多了，倒在地上就睡。

秦寿生说，董事长，黄大安的老婆跟人跑了，他儿子走了，他爸，您也看到了。再这样下去，黄大安恐怕也会疯，是个麻烦。

黄大安上了岗，名目叫勤杂工。大安，我家的下水道堵了；大安，我家厕所堵了。来了，来了，这就来。黄大安扛着一把铁锹跑得飞快。

至于白胡子老头，他又出现在南北向的街尾上，举起五个手指头，高高兴兴卖他的鸡。黄百元回家的第二天，黄大安去了一趟翟家湾，买回八只鸡。三只公的，五只母的。

【补录六】

他本来想压抑住的，但没有压住。电话那端，轻微的抽泣，忽地决了堤，哭声澎湃。深重的苦楚笼罩住一张马脸。

2008年一个倒春寒天里，桃花李花开得正盛，一朵朵站在枝头搔首弄姿。不提防，半夜里狂风暴雨，寒气陡降。桃花李花经不住这番折腾，命丧黄泉，地上满是惨烈的花瓣。一朵桃花一个命，春天要她开，也要她死。

这个寒夜里，还死去了一个人，白胡子老人黄百元。

我说真不容易啊，疯疯癫癫地熬到了八十三岁。我朋友说，他不是熬，是活，快快活活地活，比我们还要快活。朋友是写小说的，他说，陈栋梁，你知不知道，一个疯子比我们活得要单纯要快活。

此话不假。我去年回五矿给爷爷送终，白胡子老人站在我家大门口，笑嘻嘻的。他站在一个地方，就像一块铁被磁铁吸住，半天不动。他最喜欢在火车站旁边的天桥上站着，高高地抬头，久久地凝望东方，放声歌唱，东方红，太阳升，我爸爸住在太阳里。很多外地人到五矿，远远地就看到天桥上一缕胡子，又白又长，在风里飘。

白胡子老人下葬之日，黄俊杰没有回五矿，他做了一个彻底的不肖子孙。我不回矿上……我不回……电话里，黄俊杰泣不成声。

1997年11月2日，我们的兄弟憨憨死去七天，我们在他坟头烧了一架纸梯子。憨憨爬上梯子，爬到天堂去。黄俊杰背起行李离开了五矿。他的去向，他绝口不提。

这天，刘忠培和刘富有两人又吃多了盐。刘忠培说，黄俊杰不会是去投奔陈爱香吧。刘富有说，亏你想得出，他投奔陈爱香？黄俊杰要是去投奔陈爱香，我的餐馆让你白吃三天。刘富有正赌咒发愿，黄大安不晓得从哪里钻出来了。刘富有一张脸窘成猪肝色。黄大安没看他一眼，他看着青石板，说老子的黄俊杰投奔阎王，也不投奔陈爱香。黄大安说完，就往前走。刘富有要将功补过，追在后面说，大安，大安，今年过年到我馆子里喝酒哈，俊杰要回矿上过年吧。

黄大安说，回！过年不回，什么时候回！

黄俊杰没有回矿过年。

很多年，黄俊杰没有踏进五矿半步。

第七章　我们的兄弟憨憨

1

憨憨本不叫憨憨。

他还没有以一粒胚胎的面目坐在刘梅子肚子里,季德贤就去找本家季德君校长。季德贤说,德君哥,刘梅子要是怀上了,你给取个名,男伢的。季校长说你个老思想,要是女伢呢?季德贤说肯定要生个男伢,你想个男伢的名字。十个月后,季德贤从医生手上接过一团热乎乎的肉,搂在怀里,唤一声"季博文",眼眶红了。他要他的儿子季博文多学知识多学文化,做个季校长这样的人。不出大汗,不出大力,只穿西服,只戴眼镜。

季博文三岁,发高烧,烧了一天一夜,烧坏了脑子。

季博文九岁,季德贤在五矿旧车站吊死了。他本可以不死的,假如老天爷肯发发善心,再赏一个孩子。季博文不可能变成一个正常的孩子,这条命篡改的余地几乎为零。季德贤和刘梅子求老天爷保佑,赏给他们一个新孩子。为此，季德贤在井下汗流成河，回到床上，也不敢偷懒，勤于耕耘，流了不少的汗，但刘梅子的肚子仍旧空着。两个人去清宁医院检查，结果是，刘梅子这块土地又肥沃又滋润，开花结果不在话下。事情坏在季德贤身上。医生说，你精子的活动能力太弱了，根本没办法和卵子结合。医学上，这种精子叫……季德贤冲过去，要扯下医生尺把厚的眼镜，然后把它碾在脚下碾得粉碎，你妈的，你才弱精死精。他冲过去了。手举起来，放下了。他不该扯医生的眼镜，他应该自己去撞墙，季德贤，季德贤，你这死精弱精，你带着满袋的秕谷在这世上荡来荡去，你白长了裤裆那点东西。季德贤，你命里无子，你是天注定。

子既然不存在，何必存父呢？季德贤上了吊。

季德贤上吊后九个月零一天，这天夜里，他的坏脑子儿子季博文睡得很香，嘴角边流着唾液。

门吱呀一声开了，过了几秒，吱呀一声合拢了。轻轻的脚步声打破了青石板的沉默，刘梅子消失在黑夜中。接着是黑影，黑影的回声。刘梅子跟跟跄跄，恍恍惚惚，随时有坍塌的危险。她不能在五矿住下去了。她和季德贤的家再也不能住下去了。她说，季德贤，我想要个正常的孩子有错吗？你放了我，我们离婚。季德贤说我放了你，我这就放了你。季德贤说完，头也不回地走了，走到旧车站寻了死。梅子，梅子，梅。每个晚上，季德贤都站在床边一遍遍唤她，他顶着白骷髅，吊着长长的舌头。季德贤伸手往胸腔里一掏，掏出他血淋淋的心脏。心脏一弹一弹的，发出叫声，我——同——意——离——婚。

红通通的太阳和一万年前一样，升上五矿天空时，季博文成了孤儿。

孤儿吃百家饭长大，孤儿百无忧愁，老是喜癫癫的，大伙儿叫他憨憨。有一次，邱林子被两个人堵住打得鼻青脸肿，憨憨在一边笑呵呵地，跳起脚来喊，打哟，打哟。等两个打手走了，邱林子爬起来，对准他的脑袋就是两巴掌，你个憨货。这事叫老大林继勇知道了，他下令憨憨和邱林子即刻到司令部报到。邱林子说老大，那两个家伙是一矿那边的，我们去血洗一矿……邱林子话没说话，老大抓起憨憨的手就扇到邱林子脸上，"啪啪"两声脆响。老大说你打憨憨的两巴掌，还给你。

谁也不敢再动憨憨一根头发。

那天晚上，青石帮在刘富有酒馆里喝酒，喝到八点多钟，一群人醉醺醺地涌到车站，去坐五分矿开往一矿的专线车。老大就是老大，他邱林子吃的亏，老大不会让他白吃，等会找到打青他鼻子的人，他要还他以颜色，打断他的鼻梁。邱林子感激地望一眼老大。老大在望憨憨。憨憨抱着林继勇的吉他，喜癫癫地往车站这边跑。邱林子失望了。老大率队前往一矿，要"血洗"一个姑娘。

下了车，我们直奔车站后面的街心公园。公园的桂花树旁，五个姑娘围坐一起，说说笑笑。我们一走近，她们马上不言不笑，矜持得像五个蜡像人。林继勇胳膊朝后一挥，我们便往后退，离姑娘们两三米远。我们一排三个，站成两排，林继勇站在两排的前面。

憨憨喜癫癫跑上前，递给林继勇吉他，唱……唱歌，憨憨说。林继勇微笑着捋了他后脑勺一把。林继勇边弹边唱"阿莲，你是否能够听见"，我们齐唱"这个寂寞日子，我唱不停的思念"。林继勇唱"阿莲，你是否能够感觉"，我们齐唱"这虽然相隔很远，却割不断的一份情"。姑娘们格格地笑，背靠着桂花树的那个鹅蛋脸姑娘掩着嘴巴笑，她下颌微低，躲避弹唱者火辣辣的目光。

鹅蛋脸阿莲是矿总部办公室副主任李小娟，也是一个好看姑娘。按花想姣的话说，好看姑娘心气高，注定了要嫁到清宁城，何况人家还是总部办公室的副主任。嫁到市长家里做儿媳都是有可能的。花想姣牵线很多对新人，皮鞋穿了很多双，我们相信她的论断，但青石帮毕竟是青石帮，绝不会完全屈服在花想姣的论断之下。青石帮有美男，有吉他，有烈火烧人肉。

林继勇立在月光下，挺拔的脊梁，匀称的双肩，嘴角略略上扬，眼里无限风骚。李小娟头一低，身子一扭，欲走开。林继勇掏出一支烟，点燃了，猛抽一口，将烟头按到了右手手腕上。姑娘们发出恐怖的尖叫。桂花的清香里，李小娟闻到了皮肉烧糊的气味。

没过两个星期，鹅蛋脸李小娟缴械投降，坐上了林继勇的白色雅玛哈。美貌的多情男人，在女人面前，因为相思，痛苦得用滚烫的烟头烧人肉。要叫女人不爱上他，难！

坐在白色雅玛哈后座上的姑娘们很多，鹅蛋脸，瓜子脸，长脸，圆脸，都是好看的姑娘。她们搂紧林继勇的腰，一路飘香。姑娘们一个去了，一个又来。李小娟叫阿莲，王小娟叫阿莲，周小娟叫阿莲，刘小娟也叫阿莲。阿莲们的心脏要为林继勇日日夜夜跳个不停。

除了程美丽。

那天晚上，我们得胜班师回五矿。五六里路，谈笑间，眨眨眼睛就到了。刚进五矿大门，我们正在笑骂季博文这个憨憨，见到女孩子，只晓得张大嘴巴傻笑。林继勇说憨憨，姑娘们香香的，是香姑娘，下次……林继勇的话音未落，一辆黄色吉普车驶过他面前，副驾驶位上坐着程美丽。

程美丽红艳艳的双唇，烈火熊熊。林继勇大笑道憨憨，下次给你找个香姑娘，红嘴巴。我们听出老大的笑声空空茫茫。

2

现在既然说到了程美丽,就不能不说说我们清宁石膏矿。

清宁石膏矿命名清宁石膏矿,实在是委屈了它的身世。它应该叫中国膏都。"三个最"顶在头上,烁烁夺目:中国最早开发的石膏矿,中国规模最大的石膏生产基地,中国最大的石膏矿井。除此之外,清宁纤维石膏回收率占全国储量百分之八十五以上,被称为亚洲纤维石膏王国。一方水土养一方人,一地石膏养一世人。这世是清宁的世。世世代代五百年,远至明代嘉庆,清宁城县志上就记载了石膏活命的盛况,"石膏所产,甲于天下,锤凿运贩,足赡数口;田赋中上,故人皆安土重迁;万金不下百户,丰盈之象,异乎昔日所云矣。"

石膏能开花,花中结果实。我很小的时候,耳朵里经常灌进奶奶这句话。石膏怎么能开花呢?我不懂。奶奶说长大了你就懂。我长到十八岁,长到青石帮混日子。我还是不懂。奶奶也不再说花花果果了。石膏开不出花来了。无花,便无果,无果,人饿着。

妇人们饿着,嘴巴里吃不上工会发放的福利,奶油瓜子啊,红皮花生呀。好吧,不吃。劳动人民,井下工人,不吃死不了。可是，工会发不出月月要用的卫生纸，这太不像话了。

她们腋窝里夹着包卫生纸的黑袋子，气哼哼地走出王老二的小卖部。她们从没有买过卫生纸的经历。现在可好，风风光光一个大矿，连张卫生纸都发不起。哦，呸。花想姣想起来就恼火，对着地上呸呸呸。秦寿生矿长和刘爱民书记一见到矿上妇人腋窝夹黑袋子，赶紧自觉扭头闪过，生怕呸到自己脸上来了。

清宁石膏开不出花来，它的荣光写进了历史，它老了，新的篇章需要新的血新的人。秦矿长刘书记正在深水里摸着石头过河。黄大安举刀杀尽十二只鸡，也在找路。

程美丽不举刀。

程美丽风吹杨柳摆摆到吉普车前，摩托车前，摆到清宁城去。

清宁城不过是个人口四五十万的小县城，离矿区十五公里左右，但街头上有了KTV，有了鲜花店，可以通过收音机里的吉祥鸟点歌台送玫瑰满天星给女朋友男朋友。对的，还有酒吧，一尺多高的香槟瓶，开瓶器一撬，砰一声，瓶盖飞出老远。这些新鲜的东西，在我们矿区根本不可能出现，更不提那种灯光烁烁浑身暧昧的清宁市舞厅。

矿上的职工舞厅在篮球场左边。一两百平米的一个大舞池，中间竖着五根大柱子，柱子上的红油漆脱落得斑斑点点。四盏灯瞎了两盏,另两盏得了神经病,一会亮,一会灭。职工舞厅每个星期六晚上开放,所放舞曲大都是老曲子,跳慢三伦巴。

这种舞厅哪里装得下一个程美丽呢,跳起舞来要死不活的。

当大伙儿在为矿区曾有的繁盛之象一去不回而惆怅、失落、追忆时,程美丽已凭着奇特的嗅觉,准确无误捕获到矿外的新鲜气息。会所、舞厅、酒吧、香槟,这些光鲜字眼迅速纳入她的视野。程美丽如同一个不断分裂的细胞,飞速向外扩张。又危险又迷人。五分矿车站出现了很多陌生男青年,有的骑摩托车,有的开吉普车。程美丽婀娜多姿走向他们,蝙蝠衫上缀着亮片,走起路来闪闪亮亮。一步裙把屁股裹得鼓鼓囊囊。

花想姣家的老梅梅大权坐在屋门口吃晚饭,一张小方桌面对街面,他夹一粒花生米,抿一小杯酒,摇头,老程家这姑娘啊。花想姣训他,酒都堵不住你的嘴。梅大权说,老程就不晓得管管。他又摇头。不光梅大权摇头,老矿工们都摇头。他们说"姑娘长大了真是个麻烦"时,脑海中勾勒出的就是程美丽这样的女孩子。

五分矿播音员程美丽的爷爷,三十七年工龄,程美丽的爸二十年工龄,他们家的程美丽长成这个样子,难以让人接受。几十年的老兄老弟,程美丽是老程的姑娘,也是老梅的姑娘,程美丽是整个五分矿的姑娘。他们的视线一触到程美丽包得鼓鼓囊囊的屁股,就受了伤似的赶紧躲开。可是不能否认,五分矿的姑娘无愧于百灵鸟的美誉。矿办公大楼楼前电线杆上和家属区前面的电线杆上分别挂着月饼盒大小的广播喇叭。每天早上七点、下午五点半,程美丽的百灵鸟声准时响起。

面对程美丽,老矿工们头疼,年轻矿工心里疼。他们想起一阵,心脏就乱跳乱跳一通。她妖艳魅惑,她端庄温婉,她是不确定的,她愿意哪一副面容就哪一副。她足够美,美到任意东西。我们青石帮至少有三个人为了她,在夜里翻来覆去睡不着。这么一个姑娘,明明白白搁在你面前,你却只能远远看看而已。

我们当中并不缺少爱情莽夫,莽夫邱林子和前女友张小倩散伙后,上穿西服下穿皮鞋,去寻播音室程美丽。程美丽一言不发瞅着他,看不出她是鄙夷、反感,还是不屑。

莽夫们根本不堪一击。要说旗鼓相当,林继勇倒是可以兵来将挡水来土掩。他是矿上第一美男,又有征服若干阿莲的成功经验。程美丽是凤,林继勇是龙,龙凤成祥,整个矿区平安无事。

他们不成祥。

他们注定了不成祥。

以林继勇之见，日行千里的一匹良马早一天被关进马圈，就早一天死翘翘。良马，要活就活个四处撒欢八方纵横。林继勇唯一的苦恼在于他的手下。手下一个个怂，怂货，怂到没有可能被关进任何一个圈。

骂一个男人怂货好比挖他家的祖坟。老大太恶毒。我认了。我是青石帮里"卵蛋闲得最疼"的那个。我坐矿区专线车从五矿坐到一矿，从一矿坐到三矿，我将脑袋贴紧玻璃窗。深蓝的夜空上，月亮鳕鱼一样缓慢地移动。我追着它看，盯着它看，看到眼睛发酸，发疼，泪水就下来了。一个男人不要脸地哭。树木、夜虫、野草在露水的气息里，应和着宇宙的秩序，与月光相逢一笑。天明时，树木、夜虫、野草笑盈盈显露出生长的一节。它们和这世界有着美妙的和谐，我却不能，我还没学会与命运和解。我喝酒，打架；我打架，喝酒，但它们依然不能平息我，无边无际的惆怅在我心中翻腾，就像火车在世上无边无际地跑。林继勇骂我，陈栋梁，你是不是闲得卵蛋疼？

憨憨，更不用说，脑袋里一锅烂糊糊，连男人女人都区别不开。

邱林子，说起来一个色鬼，油嘴滑舌的，今天喜欢这个，明天喜欢那个。实际上，狗屁用都没有，被程美丽一言不发瞅过后，再见到她，邱林子低头绕路而逃。

最令林继勇恼火的是黄俊杰。他属于我们五矿的一个奇葩。在五矿，大伙儿稍稍关注一下青年男女情感心路，便知道"黄俊杰剪头发"。按今天年轻人的说法，是个梗。

你又要剪头发？我路过理发店，看到一把小推剪沿着黄俊杰的后脖颈向上推。我说你这个半秃子，毛发长得比野草还快？他绷着脸不作声，眼睛望着门外。我说翠仙姐，你干脆帮他剃个光头拉倒。刘翠仙笑着说，剃个光头，那不是个和尚？和尚不能交女朋友。黄俊杰绷不住，脸和脖子刷一下红了。我走过去，伏在他耳边小声说，今天周末，人家不去广播站。黄俊杰说，我剪头发。

剪完后，刘翠仙用吹风机吹黄俊杰脖子上的碎发。程美丽袅袅娜娜出现在小路上。我赶紧捅黄俊杰后背，不待黄俊杰多看几眼，从家属楼后面闪出一个穿牛仔夹克的男青年，追上程美丽，肩并肩走在一起。

刘翠仙眼瞅着牛仔夹克男人说，你看你们近水楼台，都不晓得先下手。

我剪头发。黄俊杰很坚决地说。

黄俊杰三天两头往刘翠仙的理发店里跑。实在没有头发可剪了，就刮鬓角，刮胡子，刮后脖颈。他面向门外坐着。理发店下去不远，矗立着一栋坐北朝南的家属楼，程美丽家住三楼。她去广播站上班得经过刘翠仙的理发店。

黄俊杰有时见到爱情莽夫伴在程美丽身边，有时见到程美丽独独一个人。他从没上前去和程美丽说上一句话半句话。照说同是一个矿上的人,即使不是因为喜欢,走上前去打个招呼说句话,有什么为难的呢?黄俊杰却开不了口。黄俊杰是程美丽的影子,跟随在她上下班路上。她走,他走;她停,他停。他揣着自己的心脏,像揣着一根冒烟的导火线,烟哧哧地冒,整个人眼看就要引爆,爆出一地的爱情,他的嗓子却被"程美丽你好"这个异物给死死地卡住了,爆不开。他一见到程美丽,心里就发慌,乱慌乱慌。

你他妈就是个废物蛋,怂货,你走过去说句话,她程美丽能割了你的舌头?林继勇鼓着腮帮子,瞅着黄俊杰一张苦马脸发飙。

黄俊杰的脸长,好似马脸,又因为整天整天苦着,马脸拉得长长的。长长马脸上尽是不得志。黄俊杰志在程美丽,这就怨不得人了。程美丽是你黄俊杰志在必得的?呸!黄俊杰不只是马脸,还近乎秃头,脑袋中央毛发少得可怜。

黄俊杰本来就是一个闷性子,爱情的苦又从中捣乱,那张苦马脸简直不能看。林继勇拍着黄俊杰的肩膀,兄弟,世上无难事,只要肯攀登。林继勇脸上的神情分明就是调侃,他说,兄弟们等着,说不定哪天我们老黄抱得美人归。我们就笑。喜欢程美丽不是一件见不得人的事,大家都可以拿出来开玩笑,只不过黄俊杰提供的笑料更特别而已。刘翠仙说，俊杰呀，你白白糟蹋了你的头发，我白白剪钝了我的剪子。你连憨憨都不如，憨憨见到程美丽，还会说美丽姐姐好。

3

这天下午，我们聚在林继勇宿舍里做饭。憨憨忙前忙后赶灶台上的苍蝇。苍蝇们绕着油瓶子盐罐子嗡嗡地叫。憨憨蹑手蹑脚接近Ａ苍蝇，纸板子拍下去，Ａ苍蝇跑了。憨憨眼睛大睁，瞅准Ｂ苍蝇，Ｂ苍蝇跑了，油瓶子倒了。憨憨要哭，我说接着拍，老大上楼要检查的。憨憨最听老大的话。老大林继勇冲我们吹胡子瞪眼睛，对憨憨却不这样，他会轻拍憨憨的头，拍憨憨的背，轻言细语，憨憨，你会不会把苍蝇全部赶跑啊，一个都不留。憨憨先前也听前任老大邱红兵的话。憨憨，喝酒。憨憨，吃肉。邱红兵一句话千斤重，砸出一个大坑。由不得憨憨不听。

邱林子和梅明亮趴在床上下象棋，我和黄俊杰做饭。黄俊杰主厨，我打下手。黄俊杰遗传了他妈陈爱香的一手做菜好手艺。这次他做剁椒蒸鱼头。鱼头一剖两开，剖面上平铺一层切成片状的蒜片，再平铺一层薄薄的生姜片，然后再淋上一层用酱油陈醋料酒拌好的调汁。黄俊杰从左往右轻轻地淋，又从右往左轻轻地淋。他拣出三块没放平整的生姜片重新铺平。我开他的玩笑，你这是要招待哪国的元首。黄俊杰不明我话中有话，认真地说，一道菜除了味道好，还要有看相。

林继勇在楼下擦洗他的白色雅马哈，车龙头擦得铮亮。这雅马哈在整个五分矿是第一辆。雅马哈后座上，老是坐着好看姑娘。现阶段，后座上暂时空缺。总部阿莲李小娟从车上下去了。林继勇不着急，坐上另外一个好看姑娘是随时的事。林继勇眼前要先解决他怂货部下黄俊杰的恋爱问题。

我朝楼下看了看，林继勇冲我打了个响指，吉时已到。

她来了。

进门的程美丽让宿舍一下子显得拥挤。我感到窒息，心脏狂跳。不得不承认，面前的程美丽像一个菩萨，来此布施。她只说了那么一句话，好香的饭菜呀，可空气中到处弥漫着她浓郁的气息。尽管我预先知道这场谋略，我还是忍不住心跳，这女人就活该要我们一个个心跳。黄俊杰捏着锅铲把呆呆地站在灶边。他没有料到程美丽会来。林继勇带头鼓掌，说欢迎欢迎。憨憨跟着拍手，美丽姐……姐……好。

我宣布，特级大厨黄俊杰为迎接尊贵的程美丽小姐，特别献上拿手好菜剁椒蒸鱼头。黄俊杰,来,见过美丽。林继勇说着把黄俊杰拉到程美丽面前。黄大厨你好啊。程美丽歪着头笑眯眯地看他。你……你好……黄俊杰头一低,慌慌地去看地面。林继勇说,程美丽,你把我们黄大厨弄害羞了。黄俊杰不得不抬头。他一抬头,就看到程美丽迷人的眼睛。黄俊杰想笑,又没敢笑出来,嘴巴就那么咧着,难看至极。程美丽又说黄大厨好,黄俊杰赶紧扭过头,说我去买……买……醋。他身子一偏,从程美丽身边插过去,跑出宿舍门。楼梯上传来脚步声,咚咚咚的。仿佛一列火车的晃,颠覆原野巨大的平静。

一盘剁椒蒸鱼头等了两个半小时,最终没能等来一瓶醋。半路逃跑的黄俊杰辜负了林继勇。你个怂货,这比烟头烫手腕还要难?这么好的机会,你个怂货,怂!林继勇无比的愤怒。正巧楼下孟志杰宿舍里,不休不止一遍遍播放"圆圆的圆圆的月亮的脸,扁扁的扁扁的岁月的书签,甜甜的甜甜的你的笑颜……"林继勇气冲冲跑到过道处,猛拍栏杆,停,停,停你个月亮。

4

雅玛哈后座上又多了一个瓜子脸阿莲。林继勇把雅玛哈开得像一匹野马。他按几下喇叭，再按几下喇叭，雅玛哈闪电般卷起一堆石膏灰，消失在街道尽头。

黄俊杰终归是一块烂泥，扶不上墙。林继勇懒得管他了。

接着，发生了五矿五十年之未有大事件。陈爱香弃她的儿子黄俊杰和她的丈夫黄大安不顾，与秦希望携手奔向广东。私奔事件带来了巨大冲击力，就像五矿后山上的雨后毒蘑菇，一朵朵疯长，散发出刺鼻的荷尔蒙腥味。有的说黄铁匠把漂亮老婆打跑了，有的说秦希望把漂亮陈爱香勾跑了，有的说陈爱香爱上了秦希望。

黄俊杰不再踏进理发店的门。

黄俊杰打了三场架。有场架，打的是做早点生意的王武。那天王武把没卖完的三根油条包好送到林继勇宿舍，说给憨憨吃。当时，黄俊杰蒙在邱林子被子里睡觉。王武不知情，他鬼头鬼脑地扫了眼宿舍，笑着小声问，咦，咋没有看到黄俊杰？这时只听得背后哗一声响，黄俊杰掀开被子，跳到地上。王武脸上一僵，嗫嚅道，我……我以为你下井了……王武话音未落，黄俊杰挥起膀子给了他一肘，王武整个人打了个旋转。不等他站稳，黄俊杰扑上去，把他按到地上，挥拳猛揍，我让你笑，让你笑。王武的牙齿打掉了一颗，半边脸打成了个青紫茄子。

黄俊杰还醉了几场酒，大醉。平日，他不喝酒。他爸黄大安发酒疯发得太多，黄俊杰恨了酒，要与酒一刀两断。

那天晚上九点多钟，林继勇从四分矿喝酒回来，心情很是愉悦。矿区改头换面的消息已经铁板钉钉，是早晚的事。等矿区哪一天正式被其他公司收购，工友们风流云散，喝一桌酒的人都凑不齐。抓紧时间喝酒，显得格外重要。林继勇边走边踢路边的小石块。踢到车站口，他下意识地瞅了瞅那里。他应该看到一个姑娘，饱满的胸，纤细的腰，春色无边。这姑娘坐在一辆小汽车里，去向清宁城，K歌、喝香槟。林继勇瞅了会，没瞅到程美丽，他心里说不出什么滋味。说高兴吧，也不至于。程美丽固然是迷人，但也是危险。谁遇到她，谁就要遭一场大火灾。林继勇不怕火，但他不愿意为了一把火，牺牲掉更多的阿莲。想必程美丽也不愿意为了一个林继勇，牺牲掉更多的小汽车。两个人，王牌对王牌，英雄惜英雄。

林继勇走到车站旁边的膏渣堆，忽地，从膏渣堆背后跌出来一个黄俊杰。摇摇晃晃，仿佛一把刀插进他的体内。我恨……恨矿上……黄俊杰手指着林继勇，我恨……恨……林继勇上前去夺酒瓶子，黄俊杰两手一撒，身子一软，整个人仰面跌倒在地。

妈的个怂货，还学会了搞酒，搞，搞死拉倒。林继勇拽着怂货往宿舍拖。我们先给怂货灌白开水，又给怂货灌蜂蜜水。邱林子说蜂蜜水解酒效果好。怂货成一坨淤泥巴摊在床上。妈的个怂货，还有点豪气。林继勇抱起黄俊杰的头，小心地把蜂蜜水喂到他嘴里。

黄俊杰接连好多天不到我们宿舍来了。又过了一阵子，矿上人事股一个朋友告诉我，黄俊杰递交了辞职报告，干完这个季度，他就离开五矿。

我立马报告给老大林继勇，于是一帮子人立马集结在司令部。林继勇靠着窗户边抽烟，他丢给黄俊杰一根烟，黄俊杰没接住，烟掉在地上。黄俊杰捡起来，递给憨憨。

黄俊杰，你走有你的道理，我不阻拦。不过，有件事，我林继勇说过的就要做到。

不，不做。

必须得做。

不。

必须。

黄俊杰右手贴住裤缝，一下，一下，又一下，他用力揪着裤子口袋边。他要往外走。

你，你连你妈都不如。林继勇一声大吼。我赶紧扭头看对面的墙。我不敢看黄俊杰的脸。

宿舍里一阵死寂，只听到黄俊杰沉重的呼吸声。我们等着黄俊杰挥出拳头。憨憨从他的床边跑到我这边，紧紧地挨着我。

第七章　我们的兄弟憨憨　　199

黄俊杰僵着身子。

世界上遗憾终生的人，永远是那些懦夫。黄俊杰，你走出五分矿的门，你还会回来？走之前，你不能够把你展示在她面前？林继勇几步跨到黄俊杰面前，你至少要对得起你，黄俊杰！

5

大盘的剁椒蒸鱼头搁在桌子正中间，红辣椒散发出扑鼻的香味。我往漱口杯里倒啤酒。林继勇说你个怂货，啤酒还用杯子喝？他抓起整瓶啤酒往嘴里灌。憨憨也抓起瓶子往嘴里灌，灌到一半，呛住了，啤酒喷了林继勇一脸。林继勇拿起一瓶酒，嘴巴对准瓶口咬，咬开了，把瓶子往黄俊杰面前狠狠地一搁，喉咙里挤出一个字，干。

憨憨，去把花抱上来。我指着门外对憨憨说。憨憨放下筷子往外跑。林继勇叫住他，憨憨，晚上抱花。

林继勇干了三瓶，黄俊杰干了一瓶半，有醉意，但不至于醉得不能行动。一切迹象表明，今夜之谋，必将取得它辉煌的胜利。我们喝壮行酒，祝愿黄俊杰旗开得胜。

表白日定在今天10月25日。

今天晚上七点钟,四分矿五分矿联合举办"建矿五十周年"文艺汇演。四分矿那边派出他们最好看的姑娘最帅的小伙子。我们也不甘示弱,林继勇独唱他的经典歌曲《红日》,程美丽独唱《千千阙歌》。林继勇程美丽这对俊男靓女的大海报贴到了四分矿办公大楼墙上。林继勇一身牛仔装,斜身站着,左手插在牛仔裤口袋里。程美丽身着蝙蝠衫,回眸一笑。

全矿人马倾城而动,早早地赶往礼堂,我奶奶我爷爷坐在前面第二排。刘富有说老革命,这恐怕是矿上最后一次热闹了哦,还不晓得明天归哪个。言语里含了无尽的惋惜。爷爷果然是老革命家的胸襟,爷爷说,它归张三,归李四,都是归中国人,你操些瞎心。

深紫色的帷幕将要徐徐拉开,粉色的程美丽粉色的纱裙将亭亭玉立。她是天上的北斗星,将要照亮一双眼睛。这双眼睛无助,单纯,被上帝鞭笞的羔羊。羔羊将抱着一大捧鲜花,冲到台上。羔羊嗓子眼里,炮弹炸开:程美丽,我爱你。

是程美丽,我喜欢你,还是程美丽,我爱你。邱林子拿不定主意,征求老大林继勇的意见。老大第二瓶酒灌下去,拿眼扫视黄俊杰。

黄俊杰语音不清,要含糊过关,我,我只送花。

说我爱你。我说,要表白,就彻底表白。

林继勇歪着头瞅了我两眼,还不是个怂货。对,就说程美丽,我爱你。他又瞅黄俊杰,她唱两句你就赶紧上台,不要被其他人抢了先,你说程美丽,我爱你。

如此绚烂的开端,我们被预测的辽阔美景鼓舞着。憨憨满脸通红,兴奋地唱,圆圆的……圆圆的,月……月亮的脸。林继勇说憨憨,等会我一唱完,你就赶紧到门房拿花送到会场。记住啊,要快,快。憨憨直点头。

晚上六点,林继勇走在最前面,他左旁边是憨憨,右旁边是黄俊杰。我,邱林子,贺律斌跟在后面。我们变相包围黄俊杰,以防他半路出逃。黄俊杰白毛衫,深蓝色牛仔裤,整个人清清爽爽。路过门房时,我特意看了眼桌子上的十一朵玫瑰。六朵大红色的,两朵粉红色的,还有三朵白色的。花包了三层,一层粉色纸,一层白色纸,最外面一层淡紫色的纸。玫瑰上闪着晶莹的水珠,晚风中,它们安静地香着。林继勇头一甩,捋了下额前的头发。憨憨,你记得,我一唱完,你就回门房拿花。憨憨喜癫癫的,哦,拿……花。

林继勇在清宁城见多识广,他晓得在我们矿上,一束玫瑰送到女人面前的震撼力。玫瑰出场,分寸火候最最重要,要不迟不早,要火上浇油。

林继勇唱完"像红日之火,燃点真的我",只见他一弯腰,来了个漂亮的后空翻,观众再一眨眼,他立定站直，左手贴紧耳边高举过头顶，右脚提起贴紧左大腿，好一只矫健的金鸡！"哦，哦，哦，林继勇，林继勇。"人群发癫，尖叫四起。憨憨嗷嗷叫着往人群前面挤。我说，憨憨，你快去，快去拿花。憨憨转身就往会场外挤。不一会，他又挤回来，挤到黄俊杰身边，抓住他的双手，起劲摇着，程……美……美丽，我……我爱你。

黄俊杰假装恼火，给了憨憨一拳。

我应该再看一眼憨憨的，看他无邪的天真的眼神。他望着你，你会觉得羞愧，因为你没有无邪的天真的眼神和他交换。

我没有。

我急着推憨憨走。

我、黄俊杰、邱林子、贺建斌、舞台上被尖叫声欢呼声拥抱的林继勇，我们将坠入悔恨的深渊。

程美丽马上就要登台。林继勇挤到我这边来，急问你嘱咐憨憨没有，从这边进场。我说嘱咐了。时间滴答滴答，还不见抱鲜花的憨憨。我和黄俊杰站到东门门口，这边门是个侧门，憨憨穿过一条通往货场的小路，就能直达礼堂。

舞台中央，全场灯光打在程美丽身上，她亮闪闪的。黄俊杰头昏眼花浑身发颤，他抱紧门柱。人海向舞台涌动，人海合唱"来日纵是千千阙歌，飘于远方我路上"，人海涌起浪尖,浪尖上浮着一个程美丽。

眼看歌曲就要结束,我赶紧往外冲,去接应憨憨。要是来不及送花,黄俊杰就直接上台。他要是胆敢逃跑,兄弟们就把他拖上台去。

在街道拐角处,我看到憨憨。他跑过了小道拐弯,只要再一飞跑,十一朵玫瑰就怒放在人海。可是……

憨憨扑倒在地,左手臂弯屈着被压在脑袋下面,右手五指张开,抻着向前,像一只飞鸟的翅膀。血汩汩地流。十一朵玫瑰在血泊里。我们的兄弟憨憨倒在血泊里,死神收走他无邪的天真的眼神。

他自己……自己冲过来,我……货车司机语无伦次,他苍白着脸像一个鬼魂。深秋的夜,寒意杀人,苍苍茫茫。地面上的石膏屑,血,泛着幽暗的光。

星辰灿烂的人海里,程美丽的歌声情深意长:

　　来日纵是千千阙歌

　　飘于远方我路上

　　来日纵是千千晚星

　　亮过今晚月亮

　　……

【补录七】

2016年5月10号,贺建斌一个电话把我叫回清宁城。

我还住在A市,在省文学院做专业作家。每天早七点,我准时打开电脑,坐在它面前。抽一支烟,看着前一天写到的文本。烟抽完,接着往下写。一天三千字。不多写,不少写。这情形,很像多年前,在井下挖石膏,定额定量完成。要我说,写作就是挖石膏,日复一日,年复一年。坚韧也罢,枯燥也罢。你得往下挖,挖到颈椎疼,腰椎疼,疼到天昏地转。唯一能将我解救出来的良药就是回清宁城喝酒。

这次回清宁专程喝程美丽的酒。她的"过日子"酒店开张,我们几个老友聚会。除了林继勇缩在贵州,憨憨睡在坟里,能回清宁城的,都回了,在潘桃县做小包工头的邱林子,在随阳县开滴滴出行的梅明亮,在福建某猪牛羊肉批发市场做调度的黄俊杰。邱红兵没有回,去海南和人谈合作了。他很忙,是个忙人,坐火车已匹配不了他的速度,他坐飞机。是个飞人,在天上飞来飞去。他公司副总送来两个大花篮,外加两个大红包。一个红包送给程美丽,另一个红包交给贺建斌,贺主任,我们邱总交代,拜托您招待好大家。贺建斌把红包往手上一掂,说,谢了啊，谢你们邱总。贺建斌冲我们诡笑。红包有点厚，足够我们几个人在清宁城吃住半个月。

历经了那么一劫，程美丽还是那么美。她着一身宝石蓝套裙，耳朵上吊着一寸多长的珍珠坠子。她偏头微笑，珍珠坠子在她耳垂下来回地荡。

酒店门面前，花篮两边摆开，一直摆了十几米远。尽管程美丽的老公刘晨达不在了，但积累下来的人脉还在。刘晨达之死，归结到一场车祸上，也确实是死于奔赴机场的路上。警察给出结论，死者误把加挡当成了刹车。车祸现场，路虎车内死了两个人，刘晨达和坐在副驾驶位上的办公室秘书，一个女孩子，很年轻，很美貌。在刘晨达手机微信里，程美丽得到如下信息：二十二点三十分，武汉天河机场至三亚凤凰机场。收藏页面中，又找到了"给你不一样的三亚，不一样的海角天涯，三亚五日四晚游"三亚游指南。

程美丽守灵，送殡，取回骨灰盒。她把刘晨达手机里的信息一个字一个字吞进肚子。程美丽的额头眼角，一夜间生出了很多皱纹。后来，她关闭"好日子"，去河南的灵山寺住了三个月，再后来，她开了这家酒店。三层楼的店面，程美丽租出二楼三楼，她只在一楼开店。酒店名字由刘晨达手上的"好日子"更名为"过日子"。

酒店面积不大，一种旧日的调性。做旧的八仙桌，露出原木色，上面故意凿出的坑坑洼洼，边角处有磨损后发出的亮光。长条凳粗粗笨笨搁在八仙桌四边。墙也做旧的，土黄色土坯墙。墙上挂着下井穿的蓝色工装、矿灯、矿帽，几十块青石膏白石膏堆放在角落里。菜品一律装在青花大瓷碗里。饭碗也是底深口阔，二斤的饭量。邱林子说，程美丽，你故意恶心我们吧，混去混来，我们又混到井下挖石膏，一吃一大碗。程美丽说，吃得睡得，是个大福人。

程美丽过来敬酒。敬完一圈，她问贺建斌，老贺，还差一个杯子啊。贺建斌说今天就算了吧，好日子。程美丽拿过一个空杯，说，越是好日子，越是不能差一个人，黄光头你说是不是？黄俊杰摸着自己的大灯泡光头憨笑。酒倒满，程美丽端杯和那杯酒碰，憨憨，喝酒。

1997年10月25日晚，货车司机抱起憨憨往职工医院飞跑。我们一大群人跟在后面跑。黄俊杰跑到医院门口，瘫软在地，撕心裂肺地呕吐，吐出黄色的胆汁。

白色的裹尸单，裹住憨憨。他永远停留在他的十九岁。黄俊杰、邱林子抬棺材前面，我、林继勇抬棺材后面。我们四个人抬这棺木。棺木愈来愈重，秘密在黑暗的棺木里炸开。有一本书上说，带着秘密死去的人，秘密就是一颗原子弹。程美丽走在棺木后边，她穿着一套黑色的西装，脸上泪水不停地淌。再没有人傻里傻气，欢天喜地叫她美丽姐姐好。

这秘密和她有关，我们约定了不告诉她。那一晚上，程美丽不知道，她粉色的纱裙里，染上了一个人鲜红的血。就像她从来不知道一个人卑微的爱。她的故事还那么长，那么骄傲，让她长久地骄傲下去吧。我们将秘密带向坟墓。关于憨憨的死，五矿两条街上的说法是，林继勇为了自己出风头，叫憨憨送花，送死了。

憨憨在坟墓里睡了六天，算上死去那一天，11月1号正好是"头七"。卖菜的菊英大娘糊了个纸梯子，你们烧在那伢坟头上，可怜人家一个孤儿。我们烧了纸梯子，憨憨乘着梯子到天上去。神仙和他作伴，永远地无忧无愁。

明朗朗的月亮挂在青蓝色的夜空，像一只硕大无比的眼睛。不远处的山坡上，一匹马游荡，那双哀愁的眼睛，满腹忧伤看着我们。我们看着它。我们和一匹马，两个无家可归的孩子。

2号清晨，第一缕阳光照进松林，黄俊杰从坟墓边站起身，背起牛仔双肩包。林继勇拍掉粘在黄俊杰头发上的松针，又把他的牛仔包肩带往上调了调。黄俊杰要哭。林继勇说怂货，是我让憨憨送花的，和你有狗屁关系。

黄俊杰坐上火车走了。

1998年3月初，矿区改名换姓由传言变成了事实，第一批下岗矿工名单在酝酿中，谁谁谁的名字三番五次被讨论推敲。大伙躁动不安，有人辗转不眠，离开了矿底不晓得在地面上怎么活；有人整夜整夜兴奋，人活一辈子，不能总在地底下活。3月10日这天，林继勇推开秦矿长的办公室，矿长，我不干了，请下我的岗。秦矿长正在为谁去谁留纠结不清，林继勇主动离岗，多出一个位置，刚好安排不愿意外出闯世界的人。他握住林继勇的手，年轻人，好样的，你们凭着一双手，肯定能闯出一片新天地。林继勇说多谢矿长理解，我闯出一个新媳妇，带回来给矿长过目。秦矿长哈哈哈大笑。林继勇的美貌和艳史让矿长叫苦不迭，不找个老婆把他牵住，就要生出大是大非来。憨憨季博文不就死在给他送花的路上吗？记得带着你的新媳妇回来看看我们这些老家伙。秦矿长说，他重重地拍了拍林继勇的肩。

林继勇最后一次去刘翠仙的理发店理发，郭富城发型。头发三七开，左三，右七，右边发略长，稍稍遮住眼睛。林继勇要仔细看人时，得把头发往后一甩，分外潇洒。

司令部202宿舍里，床还是四张床，人只有我一个。我听姜育恒的歌，听张雨生的歌，听李克勤的歌。房间太空了，这么多的歌装不满它。

窗外的月光，惨白惨白。这一大块的裹尸布，我希望它将我一并裹去。

程美丽和憨憨干了一杯，邱林子和憨憨干一杯，贺建斌和憨憨干一杯，我和憨憨干一杯，黄俊杰和憨憨干了三杯。从前沾酒就醉的黄俊杰现在酒量大得惊人。每次聚会，和憨憨喝上一杯酒，是我们的固有程序。黄俊杰更是要大喝大醉。有一次黄俊杰的老婆在电话里破口大骂贺建斌，姓贺的，我与你无冤无仇，你再把我家黄俊杰勾回去喝酒，你们全家死光。黄俊杰的老婆我在福建见过一面，脸板得紧紧的，好像我要找她借三百万一样。

黄俊杰每次从清宁返回福建，至少要躺两天，百事不做，一言不发。他的妻兄，批发市场的大老板，在电话里冷言冷语，黄老板，找到新发财的好地方了？早点说，我不耽误你。黄俊杰就说我马上到，马上。他起床，洗漱，吃饭，一刻也不耽误，开着妻兄送给他的二手车赶往市场。猪肉牛肉，堆成了山。黄俊杰穿过它们，指挥搬运工运到这里运到那里。

"过日子"开张这天，黄俊杰当然也喝醉了，老婆骂他也是当然的。黄俊杰，你个王八蛋，你给老子交代清楚，你凭什么同那些狐朋狗友喝一次就醉一次，他们给你找个野女人？你说！你还有能耐了。老婆扯起黄俊杰膀子上一小块肉，狠命转一圈再死死掐住，你说呀，你有能耐了。眼见得那小块肉变红发白，老婆松了手，放声大哭。黄俊杰趴在床上动也不动，他知道，这不过是不眠之夜的前奏。等一会，大哭转到小哭，小哭转到控诉。他和老婆在一条被子里滚了十多年，他了解她的嘴脸，她了解他的嘴脸，他们是两只手，左手和右手。你黄俊杰要是有能耐，老子就不受她的气，她今天一个包，明天一个包，在老子面前晃。老婆哭声又起，哭哑了嗓子，他担心她会哭死过去。老婆的嫂子确实不是个东西，老婆的哥也不是个东西。夫妇俩给点活黄俊杰做，就像赏块骨头给狗吃。嫡亲兄妹都只能这个情份，老婆待他够可以了。想到这儿，黄俊杰翻身去抱老婆。老婆搡开他的手，拳头雨点一样落在他背上，儿子下半年上高中，租房子陪读，要不要钱？上高中补课，一节课两三百块，要不要钱，你说要不要钱，你的钱哩，钱哩……老婆的控诉绵绵不绝。黄俊杰倔强地抱住了老婆。他特别渴望老婆控诉他。她一控诉，他就听得到自己浑身的骨头哗哗哗地散了架，他舒坦。管他呢，反正是散了架的人，要怎么怂就怎么怂。他原谅了他自己。老婆不原谅，她不原谅她眼睛瞎。黄俊杰，我怎么就瞎了眼，怎么就看上你，你个怂货。

【补录八】

2017年3月13日,林继勇打电话来时,我正在搜肠刮肚找一个表达相思的句子。"我想见你——这欲望超过我对世间的一切乞求——这欲望,改变了少许——将是我对上苍唯一的请求。"

这个相思句,应该可以打动那个妇人吧。半个月前,我一个朋友带来一个人找我。这人五十岁上下,眉眼还算可观,在中年男人中,算不上一个油腻物。只不过太多的酒让他脸面上有些狰狞,他皱着眉,歪着头,一屁股跌坐在椅子上,陈老师,你……你啥……都能写?他挣扎着站起来,摇晃着身子,要抓我的胳膊。朋友把他往椅子上按,你这什么话,大作家写封情书,不是拿高速炮打蚊子,大材小用?你……你写……写我不图……不图她什么……醉酒人伸手还要抓我,好像我是根救命稻草。我就走过去,让他抓。他抓住了,一头趴在我胳膊上,我……我就是喜欢她安安……安安静静。

这是一个有钱的老总,完全的财务自由,他只是有些苦恼,为了爱情。前妻死去八年,现如今他爱上一个妇人。妇人年长他五岁,容颜也呈衰老之态。妇人不接他电话,不回他微信。妇人态度很明确,你要找,找年轻姑娘,你找我,图什么,图我的肾?把我的肾割了去卖?钻石王老五爱一个年老色衰的人，简直是居心叵测，阴谋家。有钱老总无法证明他爱她。爱她的安静，爱她坐在他身边时，他内心的平和。他只能天天组酒局买醉。朋友出个馊主意，说，她不相信爱情，是吧，那我们就来最传统的爱情，写情书，一天一封。

写情书？我有些吃惊，在这 5G 时代，老总们竟然为爱情所苦所迫。听上去真像个笑话，但是我非常喜欢这个笑话。我接下这活。我想，通往罗马的路不止一条，有 LV 的包包、冰岛的化妆品，还有白纸黑字的情书。

关关雎鸠，在河之洲；窈窕淑女，君子好逑。

最好不相见，如此便可不相恋；最好不相知，如此便可不相思。

写来写去，我脑子里只装有老祖宗们留下的这几句情话。惭愧呀。我抓头皮，想。想到"我想见你——这欲望超过我对世间的一切乞求——"哎，我老实承认，这也不是我的原创，它仍是别人吃剩的饭，美国女诗人艾米莉·狄金森的陈言旧句。我的情话呢，作家不会说情话了，真是比天还大的恐怖。我想啊，想，老大的电话来了。

见一面？电话里林继勇说正好路过清宁城。他虽然用了问句，却不是征询的语气。我立马说，好，好。我们三年没见面了。我、邱林子、贺建斌，"青石帮"轮番给他打电话，老大，回来喝酒。他说再说，再说。再说说了三年。

我们每过一年两年会见一面。没有谁定时间,可就是在十月份。十月上旬,中旬,下旬。兄弟憨憨季博文死去的月份里,我们见面。最开始,很怕十月份,距离十月份的日子越近,越怕,可越是怕,越是要见。见了,也不提起憨憨,只是喝酒,只是醉。后来,好像不是为啥了,还是见。但这三年,老大林继勇缩在贵州不见我们。

他完全败了,是个败将:做服装批发生意亏损三十多万,和第二任老婆离婚后,只身一人从上海回到山西老家。邱氏公司老总邱红兵找到山西,任命他为林副总。林继勇说老子解甲归田。邱红兵说东山再起。林继勇说没意思。

我不再抓头皮,赶紧在狄金森的情话里收尾,赶往清宁城六里棚邮局。贺建斌接过信封,盖好邮戳,有钱老总的信便去往妇人所在的小区。我们则赶往程美丽的酒店。"过日子"是我们新的司令部。

"过日子"大厅里播放着上世纪八十年代的老歌曲,"幸福的花儿心中开放,爱情的歌儿随风飘荡,我们的心儿飞向远方……"林继勇坐在最里面的沙发上,他变了样子。虽说是三年不见,但他也不应该变成这个样子啊,干瘦干瘦,像一块干篾片;身上的水分几乎全被榨干了,脸上泛起病态的潮红。

这次我去上海找我姑娘。林继勇说，他头扭到一边咳嗽，背部如一根弹簧急剧起伏。你咋的，不舒服？我问他，他摆了摆手，打开靠在墙边的黑色大行李箱。全是小女孩的物件，一件粉红色的裙子，一件天蓝色的毛衣，一顶白帽子，一双白球鞋，一双红皮鞋；一本《小王子》，一本《窗边的小豆豆》，一本《伊索寓言》。我这次见不到我姑娘，我就杀了他。林继勇说，他眼里透出一股杀气。

林继勇要杀的是，他前妻的现任老公。前妻说，你不用来看欣怡，她爸对她很好。是她后爸，林继勇纠正前妻。后爸也是爸，前妻说。

当初生意亏损欠债时，前妻白天窝在沙发上哭，晚上窝在沙发上哭，她把自己圈定在沙发里。她只是哭，她的泪水要是会说话，就会说林继勇，我要和你划清界限。泪水不说话，可意思就摆在那里。三十多万的欠款压在她身上，她承受不住。当初他给她的是一个婚姻，不是为着给她一笔巨大的债务，那就离吧，离了所有的债务与她无关。林继勇拟好离婚协议，他净身出户，女儿林欣怡跟着前妻，他每个月支付生活费五百元。他拥有探视权，寒暑假可以带女儿回山西老家。但是这三年来，林继勇一次也没成功地将女儿带回。前妻说，欣怡在上海长大，你把她带回山沟沟，你什么意思？她爸对她很好，你不要破坏我们的家庭。

我破坏？我和她婚还没有离，她就和那个男的有一腿，她以为我不晓得。林继勇坐直了身子。我盯着大厅角落里的音箱看，"亲爱的人啊携手前进携手前进……"于淑珍的歌声这么亲切动人。我不愿意听老大前妻给老大戴绿帽子的故事，我们老大怎么会戴绿帽子呢？我宁可我戴绿帽子。

林继勇打开的话腔关不住，他说前妻如此无情，幕后推手只能是她现任老公。现任老公不只是阻止林继勇见女儿，还会有更恶毒的用心。

那个男的爱喝酒，喝了酒做出什么事，鬼知道。她又经常出差，家里只有我姑娘欣怡和那个男的在家，安全吗？安全个狗屁。你们没看到前天一个新闻？一个女孩子被她后爸性侵。他妈的，畜生。

还有那些没有报道的呢？林继勇冲着我们质问。

我姑娘和他在一起，太危险了。我这次去非把我姑娘带回来不可。

我刚离开欣怡时，我不敢上街，一看到街上的小女孩，我就挪不动脚，盯着她们看。想我姑娘想得厉害时，我就烫烟头。我整整三年没有见到我姑娘了。林继勇无力地靠在沙发上。我瞅了瞅林继勇的左小臂，上面果真有三四个指甲大的疤痕。我又去看他的右小臂。我记得他的右小臂上也有四个或是五个烟头烫出的疤痕，那是当年的英猛之举。说也奇怪，林继勇这一招，屡试屡胜。女孩子一看到林继勇在手腕上按下燃烧的烟头，立马就会被他的英雄气打动，坐上他的雅马哈，搂紧她的腰。

我老婆的妹妹给我看过我姑娘的照片，欣怡看上去一点都不开心，她有些忧郁。这么小的孩子怎么会忧郁？

这天晚上，我们三个人喝了一瓶半酒。林继勇只喝酒，不吃菜，不动筷子。他还要喝，我们不让他喝。他一阵一阵地咳。他的背要咳断了。程美丽说你歇一晚上，明天再去。林继勇说，做事情要趁早，要去就今天去。我给你们说，要是那个男的再阻挡我们父女见面，我白刀子进红刀子出。

你不要冲动，有话好好说。

狗屁，好好说？我连自己的丫头都保护不了？像你，怂……

怂货。我说。

你个怂货。林继勇苦笑。

于淑珍唱《我们的生活充满阳光》，唱得这么甜蜜。"亲爱的人啊携手前进携手前进，我们的生活充满阳光充满阳光，并蒂的花儿竞相开放，比翼的鸟儿展翅飞翔……"

林继勇走进了清宁城的夜色。街上两边的店子亮起灯。红色的灯，绿色的灯，黄色的灯，老大的影子投进灯光里，格外虚幻。像一个影子的影子。

五天后，我赶到上海医院，看见林继勇昏睡中的脸，完全失去了水分和血色。

我们想了解病人近几年的一些基本情况，比如说他做过手术吗，手术中有没有输过血？

这个，不太清楚。

那么，他的婚姻状况？

他离婚了。

他的性伴侣？

性伴侣？不清楚。

他有没有吸毒史？

我摇头。

没有吸毒史？

唔，我不知道。

那你知道些什么呢？医生手撑着办公桌，身子往椅子上一靠，他不满意我的回答。

他来上海看他女儿。

哦，看女儿？

他三年没看到他女儿，我……我也是三年没见过他，前几天才见一面。

病人是静安社区卫生站送来的，送来时人昏迷不醒。他手机近期联系人中有两个是上海的，但我们始终联系不上，另一个就是你这个号码。他的血样检测，证实病情到了第二期。医生指着化验单上那些上上下下的箭头说。

二期？

二期，艾滋病。医生的声音很疲惫，很生我的气。我不知道他为什么生我的气。我保持冷静，做出没有被病名惊扰的样子，气定神闲看他。医生说依照病人的目前状态，他病情发展到后期，免疫系统会全部崩溃。

那……？

一场感冒也能要他的命。医生拿起笔轻轻敲打着桌沿。

病床上，林继勇双目紧闭，我怀疑他已经死了。

病房的收纳柜里，塞着他黑色的行李箱。我拉开锁链，一件粉红色的小女孩裙子，一件大红色的小女孩裙子，一双小女孩的白球鞋，一双小女孩的红皮鞋，一本《小王子》，一本《窗边的小豆豆》，一本《伊索寓言》。五天内，在这个城市，我们老大林继勇经过了哪些路，经过了哪些人？他的丫头林欣怡呢？

林继勇下车就给前妻打电话。号码没变，只是没人说话，话筒里久久的等待音，然后，断了。她甚至不再反过来纠正他的后爸称呼。她藏进深海，无声无息。

手机打得浑身发烫了，依然是等待音，林继勇不再打了，他直奔静安区。欣怡的姨妈告诉过他地址。他守在门栋口，但扑了空，没有人出来。或者，欣怡与他面对面，他不认识？小孩子长得快，一天一个样。三年，滴水都穿了石。欣怡不认识他，他不认识欣怡。这么一想，不禁打个寒战。他忘记了时间的厉害。老大靠在墙上，深吸了口气，调出照片，放大屏幕。纤长的双眼皮，两个深深的酒窝。没错，正是他林继勇的女儿林欣怡。

拜托你发几张欣怡近期的照片给我。林继勇拨通欣怡姨妈的电话。

我姐不会让你见欣怡的。

你发照片过来。

我姐……

你发照片过来。

肯德基店里，圆形桌面上放着一包薯条一听可乐，林欣怡在撕汉堡包装纸，肉粉色的毛衫映衬她粉嘟嘟的脸。挨着欣怡坐着的一个中年男人，低头看手机。林继勇划动手机屏幕，把男人的面部放大，肥脸浓眉毛，他盯着看。他烧成灰，林继勇也认识那堆灰。林继勇下意识地把手贴紧裤子口袋，一把削苹果的小刀子。林继勇的手碰到坚硬的刀柄，他感到了冰凉。

门栋走出一个倒垃圾的老太太。塑料桶里装着甘蔗皮白菜帮子大蒜叶肉骨头揉成团沾了菜汁的纸。林继勇闻到了隔夜的馊味。他把头偏了偏，老太太警惕地看了老大两眼。

门栋跑出一个三四十岁人,风一样快速从老大身边擦过。他边走边打电话,你们那边调派三个人过来,祁总……

门栋传来女人的说话声,宝宝乖,乖宝宝。女人抱着一个小宝,一岁左右,看不出是男宝宝还是女宝宝。小宝眼睛滴溜溜转,转到林继勇脸上,咧开嘴笑了。一个男人抬一辆婴儿车跟在后面。

林继勇举起右手刚要向小宝宝招手,女人换了一个手势,小宝的脸移到另一边,小宝滴溜溜转的黑亮眼睛,他看不见了。

林继勇重新调出肯德基店的欣怡,欣怡粉嘟嘟的脸占满手机屏幕。门栋走出很多人,有的人瞅两眼林继勇,有的人不瞅。林继勇从门栋处往外退,退到门栋对着的车棚旁边。他坐在行李箱上面抬头望天,太阳光投照在对面楼房上。楼很高,老大数它的窗户。一共十五扇。全是关着的。太阳光从十五扇往下移,移到十三,十,八,六……

整栋楼房都光亮亮了,一些麻雀在空中飞,它们的影子打在墙上,闪闪烁烁上下飞舞。太阳光热起来,正午几近躁热。午后三四点过去,热又渐渐往下散,林继勇的脸被午后的阴影笼罩着。

他又拨欣怡姨妈的手机,电子声音说对不起,您拨打的电话已关机。光影越来越暗。大街上迎来下班高峰期，一拨拨的人倒地铁线倒公交线，返回各自门栋。各家的抽油烟机开始呼呼转动，夜空中开始弥散着花椒的味道、排骨藕汤的味道、大蒜的味道。

车棚边，一个男人倒在了地上，一个黑色行李箱遮住他的大半个身子。他蜷缩着，手机抱在他怀里。手机屏幕上，一个三四岁的女孩，纤长的双眼皮、深深的小酒窝，像个天使。

第八章　大师刘青松

1

从五矿废弃的工人俱乐部后门出来，拐个左弯，再笔直向前走二三百米，我看到它们。地基下沉，塌了房梁，陷了地角。地面杂草丛生，一蓬蓬蒿草肆无忌惮，长出一米多深，特别繁茂，繁茂又荒凉。一楼的木门木窗，有的腐了，有的半腐，黑幽幽，湿漉漉的，手摸上去，粘了一手暗灰色的木屑。二楼的也歪着垮着，门牌号码可怜兮兮地悬吊在门上，原本大红色的数字褪尽了颜色。我抬头，睁大眼睛仔细辨认门牌号，找到了202。斜歪的门楣上立着三只黑乌鸦，两只一呼一应，哇啦哇啦地叫；第三只冷着眼睛，偏歪着头，盯我。

控制，控制情绪。早知时间将它化成废墟，何必再想昔日旧事。二十六年前，青石帮司令部202室，邱红兵带着我们喝酒，打架，想女人。我盯那第三只乌鸦，盯了一会，免不了还是有些惆怅。这时，从后面一堆断壁残垣中窜出一只狗,浑身赤黑,耳朵上长着三五点白斑。我警告自己不跑,一跑狗就会追。狗两只后爪抓地,半蹲着,拼了老命般地狗吠。我欺它老弱,抢步向前。"yun, yun, yun, yun",响起几声苍老的呼唤,老狗扭头看后面,我也看,一位六七十岁的老者,上身着一件四个口袋的灰色中山装,下穿一条黑色长裤,佝偻着腰向我走来。我这才发现,一间低矮的三角形屋棚建在废墟中,棚子上扯一根绳子,一端系在棚楣上,一端系在不远处的一棵杨树上。绳子上晾着灰色短裤,灰色裾子。

蒿草深处有人家!我又惊又喜,忙上前微笑示好。"yun, yun, yun, yun"他又唤两声。您家的狗啊?我说。我家"yun, yun"。他答,眼神颇是情深地看着老狗。yun, yun?我不解哪个汉字,问他。他掉过头,目光从老狗身上转到我身上,仔细地看我,只见他眼眶里白是白,黑是黑,有一种与他年岁不相当的明澈,就像一个长着老人面孔的孩子。他是?是他?我脑子飞转,在时间这无情物里寻面前的这个他。他专注地看我四五秒钟,吟诵出"三十功名尘与土,八千里路云和月。"他又吟诵"白云一片去悠悠,青枫浦上使人愁。"云云,白云的云?我反问他。他眼里含笑,叫道"yun, yun"。云云!一声霹雳炸翻了我。是他,就是他。

2004年,矿友告诉我,他去找过何云凤。2007年,矿友告诉我，他疯了。八年，还是七年前，我得到的消息是，他死了。当然，我所得的这些消息绝对不会出自邱总邱红兵之口，我不会去问邱红兵。

云云，这个名字好，好！我从惊诧中回过神来，赶紧表扬了云云这个狗名。老者满意地点了点头，问我，客官何以来此？

昨天晚上，邱氏公司老总邱红兵说那里空了，你去干嘛，看石膏还没看够？我说没看够。邱红兵说没看够！没看够到我的矿业博物馆再去看一遍。我说，去看"狗皮膏药"看个够。邱红兵说，格老子，叫你笑话。邱红兵的矿业博物馆坐落在毗邻五矿的囤山镇内。当年，我们青石帮步行去清宁市打架喝酒的必经地。博物馆占地面积达四千八百平方米。通过雕塑场景、馆藏展示和多媒体演示等手段，展示了整个清宁石膏矿业曲折发展的壮美历程。主展馆正中间，陈列着一块重达二十吨的大石膏，除了膏体里面自上而下夹杂着数十层青石膏以外，通身呈乳白色，晶莹透彻。远远看去，像一座水晶城。走近了，丝丝凉意沁入皮肉。败坏风景的是，水晶城顶上，邱红兵竟然请人题了两个字，"膏王"。我笑道，邱总，你不如把这两字换成四个字。邱红兵说，换，听你的。我说"狗皮膏药"。

梁子，矿早就废了。邱红兵二两装的酒杯子举到我眼前，说我干了哈，先干为敬。他还是一派老大豪放气象。

1993年，我下矿第一天，邱总邱红兵是我的师傅。他喜欢叫我梁子。邱红兵把空酒杯推到一边，说，王主任，你给陈老师汇报一下矿上的情况。

好的，邱总。一个秃顶男人赶紧站起来，陈老师，矿上的条件已经不适合居住了，但有些老住户他们不愿意搬，这么多年一直就住在那里。市政府组建了一个新膏社区，重新做了几排平房，安置他们。"新膏"隶属于清宁市城南街道办事处。登记在册所住人口三十二人，谢志芳一个，王报国一个，毕红火一个，还有那个青……王主任扳着左手手指头报人名。

邱红兵打断他的话，梁子，这些老工人你还记不记得？

王报国是不是王老二，开小卖铺的？

你看，都不大记得了，你去那里吹北风？

邱总，五月份哪来的北风吹呀？瞎说。紧挨着邱总的一个女郎嗔怪道。女郎着一字肩咖啡色毛衫，漂亮的锁骨，短裙，漂亮的大腿，腰肢盈盈不足一尺八。

对对对，吹五月的风。邱红兵一手揽女郎的细腰，一手给我斟满酒。

陈老师是作家嘛，作家怀旧。女郎纤纤玉手推了邱总一下。

那咱们就怀个旧，王主任你把车准备好，明天陪陈作家去一趟。要是陈作家一脚踏进地坑,我可拿你是问。邱红兵故意板起面孔,瞪起眼睛,眼眶里只看到眼白。

车辆驶出清宁城,转到一条高低不平的乡镇公路上,又沿着宝峰河开了十多分钟,老远处就见到电平车铁轨东一截西一截歪歪扭扭趴在杂草丛中。再往前开,旧日的办公大楼垂垂老矣,直赴黄泉的样子。窗门歪斜,窗玻璃碎得到处都是。三楼第二个窗口,程美丽原来的播音室只剩下一扇窗,窗沿上搭着两条灰白色的麻袋。矿区大门横着的门梁上,却闪着四个金光大字"邱氏公司"。我有些愕然,王主任,这里也是你们的公司?

是,也不是。王主任笑答。

这怎么讲?

这个矿不是很早就废了吗?您知道像这样的矿区废地,也不可能做什么房产之类后期开发。2017年邱总在筹建矿业博物馆时,也同时盘下了这块废地。

公司没有对这里进行什么开发?

没有,邱总的意思是就这么搁着,只挂个名字在这里。王主任摸了摸他的秃脑袋,说,为了这个名字所有权,我们还得付一大笔费用。

说话间,车子已开到大门口。我说,王主任你不用照管我,我下去转转。

邱总交代我全程为陈作家服务。王主任说。

不用不用,这个地方我熟。我向矿上走去,王主任也就不再坚持,留在车上玩他的手机。

东西街道和南北街道的交叉口左手边,王老二的小卖部还在,只是货柜玻璃上蒙着厚厚的灰尘,柜里空空的。两个老人靠在墙上晒太阳。待我走到他们跟前,老大爷睁开眼睛,瞅了我一眼,又闭上了。老太婆倒是一直睁眼,但眼神漠然,视我如无形之物。

王报国、谢志芳?我看了他们几眼。在五矿,王报国和"一条腿"李拐子一样,头脑精明。他和他老婆谢志芳本来是翟家湾村民,靠种地过日子。1986年,他不种地了,到我们矿上来申请开了一家商店。货架上烟、酒、多味花生豆、皮蛋、康师傅方便面……要什么有什么。我们青石帮的工资,三分之一给刘富有的餐馆"好再来",三分之一给李拐子的"寰球"录像厅,另外三分之一给王老二。我爷爷那么抠门的老革命,也时常在他那里买酒买烟。1993年油菜花黄得要黄瞎人眼睛那天,我四叔陈北山闯世界回来,大伙说老革命你要请客,你幺儿子今天带一麻袋子钱回来。爷爷冲着柜台一招手,谢志芳立马递过来七块钱一包的白沙烟。这是五分矿最贵的烟,平日,只有刘书记和秦矿长这样有模有样的人才抽得上。

顺着小卖部往前走,街道两边的小平房墙壁重新粉刷过,门牌号码也是新的,看来是"新膏"社区的主要居住区。很多房子关门闭户，街上悄无声息。一条街走到底，只看到了三个老人，其中一个竟然还穿着二十几年前的蓝色工装，端一杯茶，悠闲地喝着。

转过街道，我去找202，找到三只黑乌鸦，找到了106的他。当年，我们司令部设在宿舍楼二楼202，他和何云凤住在一楼106。

2

金鳞岂是池中物，一遇风云便化龙。他开口一言，老大邱红兵就笑得前仰后俯，他抬脚一甩，一只人字拖甩到了墙角。格老子，这小子，还龙？龙我看看。邱林子和梅明亮一个踢我的脚，一个推搡我的背，龙我看看，龙我看看。他们重复老大邱红兵的话。

我不肯见刘青松，邱红兵几个人把我押过来。

刘大仙，来卦卦我们的陈书生。邱红兵进门就嚷，生怕隔壁几家听不到似的。刘青松靠在一把藤椅上，没拿正眼瞧我们，他仰头看头顶上的白炽灯。

刘老师，抽烟，抽烟。邱林子机灵，赶紧紧地改了称呼，掏出一包红塔山。

刘老师，抽烟，抽烟。邱红兵也改了称呼。

刘青松收回眼神，把放在胸前的《易经》搁在一边，轻淡淡地说道，不敢当。邱林子尴尬地收回递烟的手。大伙儿说刘大仙能断人前程姻缘，断事好歹是非，得益于《易经》。我们每次路过106室门口，总能看到刘青松和他的《易经》在一起，或是坐在凳子上，或是靠在藤椅上。

所断者，无非人世，何来仙界，何来大仙？有一次，刘青松发了大脾气。用于卜卦的三个铜钱在他手里翻来覆去地捏，他胸口起伏，脸红着，他一向是个温和的人。提着十几个苹果来感谢的刘先道连忙说，我错了，我错了，刘老师。几个月前，刘先道的女儿，也就是邱红兵的妹妹邱红花和清宁市一个男青年好上了。两人花前月下一段日子，男方请花想姣上门提亲。男青年长得高高大大，一进邱红花家就拖煤扛米抢着干，照说是个好青年。刘先道心底打小鼓，定不下心来。他和老婆贺好枝背着邱红花偷偷来找刘青松。刘青松说，我早已不再与人世作断，何论这姻缘大事。刘先道说，刘老师，你也晓得，我和好枝是重新组合的，我一直把红花当自己亲生的姑娘。她要是没找到一个好婆家，外人会怎么议论我呢？无论如何，要麻烦你给看一下。贺好枝说，刘老师，红花喊你叔哩。

刘青松凝神静气，依照刘先道随口报出的三个数字4、7、9，为邱红花起卦。刘青松说主卦泽地萃卦，变卦天地否卦。刘先道问，好卦，坏卦？刘青松又一次凝神静气，闭目冥思，随后摇了一下头。刘先道还要追问，刘青松只是摇头。刘先道回家就叫邱红花下分手通牒。邱红花和男青年正火热热的，哪里肯依，下了班仍去贺建斌的邮递所打公用电话，和男青年说不完的话。刘青松起卦后不到两个星期，男青年显了烂坏子原形，叫派出所在清宁大桥上逮个正着。清宁大桥分上下两层，上层走车，下层走人。那天夜里，啤酒厂一个下晚班的姑娘刚走到人行走廊，一个蒙面黑影跟上来。姑娘快走，蒙面黑影快走。姑娘跑，蒙面黑影跑，跑上来拽住姑娘往桥墩后面拖。呼叫挣扎间，几束电筒光直直射过来，巡逻民警扭住了蒙面黑影的胳膊。

邱红花关在房里哭一阵骂一阵，撕烂了记录两人交往点滴的日记本。刘先道心里的石头落了地，对刘青松谢道，刘大仙神仙啦，神仙，幸亏了你刘大仙那一卦。

刘大仙的称呼着实惹恼了刘青松刘老师。用何云凤的话说，你们都是不通啊，不通，我家青松帮你们一个个解决问题，难道配不上当一个老师？你们不能叫他刘老师？仙仙仙的，你们当他是个封建迷信分子，拿他开玩笑。你们去问问季德君校长，看矿上有几个读得懂《易经》？哼，你们读懂了，我何云凤的何倒着写。我家青松断的事，是不太顺你们的意，不太吉祥，但有哪件事，他断走了眼。你们说，哪件事？

矿上第一悍妇叶桂花记得清楚，她的儿子贺小果写半夜三点醒来写我不在这里的狗屁诗，她找刘青松。刘青松占了一卦，不说话。叶桂花不敢再往下问，怀里揣着一百只兔子乱蹿乱蹿。事实证明，贺小果五矿生涯的最后结局早有定论，隐藏在刘青松没有说出口的判词里，"自古穷通皆有定，离合岂无缘？从今分两地，各自保平安。"1993年春天惊蛰夜，花痴姑娘柳红平遭了强奸，贺小果给不出不在场证明，进了监狱，蹲了五年大牢。从监狱出来后，贺小果杳无音讯，留下叶桂花贺永和老两口哭瞎了眼睛，哭短了心气。

司磅女工梅艳方不像矿上的年轻人，裁定刘青松那一套是玩封建迷信。梅艳方找刘青松倾吐她的苦衷，她要寻的男朋友无非是一个百分之九十九点九九九，无限接近"发哥"周润发的人。刘青松说，艳方姑娘，万般皆是命，半点不由人。

来求卦的人，人人都要艳阳天，如同人进医院，要的都是一个活命。可医院不是天庭，医生不是神仙。要死的还是死，得哭的还是哭。把医生打得头破血流，算不上公道。有人背后说小话，说刘青松像只毒乌鸦。（这话可千千万万不能传进何云凤耳朵里，她会找你拼命。）

卦来卦去，想必安安稳稳活在人世总不是件容易的事。刘青松不愿意卦这人世了。老大邱红兵偏要来卦我。

3

刘老师，你卦卦陈栋梁。邱红兵又一次恭敬地递烟，刘青松右手轻轻一推，挡回去。他抬头打量我。我没啥好打量的。一个拖后腿的家伙。分在人工充填组三组，月末计充填量，三组最少。分在钻凿炮眼组一组，月末计凿眼量，一组最少。老大邱红兵骂道，格老子，陈栋梁，你丢你爷爷老革命的脸，你每天吃的饭都拉了屎？格老子！就这样，我跟定了邱红兵。

刘老师，他装车装得好好的，不晓得发什么傻呆，一站半天不动。梅明亮揭发我。

刘老师，我怀疑呀，我怀疑陈栋梁的魂丢在哪个姑娘身上。邱林子添油加醋。

格老子，你们莫给我嚼嚼嚼，听人家刘老师说。老大邱红兵的"三白眼"瞪得老凶。

刘青松把目光转向我，他的眼睛分外明亮，特别是那黑眼珠，用一个老比喻，黑得像葡萄籽。在他眼眶里我看到一个陈栋梁。陈栋梁问前程，算命途，陈栋梁站在命运面前，如同站在一块薄冰上。陈栋梁正在微笑，这微笑毫无深意，不过是陈栋梁面部的多块肌肉正在进行收缩运动。陈栋梁的魂？陈栋梁的魂此时此刻并非附体在肌肉上。它在哪里？我也不知道。

伸出手来。刘青松说。

他从藤椅上直起身，低头看我的手，看五个指甲缝里的石膏灰，看五只修长的手指。修长的手指在这矿上是不合时宜的，它如此修长，修长得要去拿绣花针，要去弹钢琴，要去写锦绣文章。（多么遗憾，我和我四叔陈北山都长成了陈老革命陈先发陈家的孽种逆子。在宝峰寺里，我爷爷陈先发对着老和尚讨伐陈北山。爷爷说，哪个工人的手上不长茧不结疤？不长茧不结疤，叫工人的手？还戴手套！他的手是拿绣花针的，还是弹钢琴的？呸，丢人，丢先人！多么遗憾，我送爷爷赴了黄泉，我也不能说清楚作家是个什么东西。爷爷说你写一个字，公家给你多少钱，你吃得饱吗，睡得好吗？）

我伸出这丢先人的手，刘青松握住，大拇指轻轻地按了按我的掌心。清澈的目光投注在我脸上。

金鳞岂是池中物，一遇风云便化龙。他断了我的卦。这断卦使得邱红兵梅明亮几个人一时间忘了刘青松的沉静，"我×我×"地取笑一条未来的龙，格老子，这小子，还龙，龙，我×。

邱红兵，又是你这个鬼家伙在闹。在食堂上班的何云凤回家了，嗔怪中杂着笑意。她麻利地摘下头上的白工作帽,拍了拍,挂在钩子上,又拿杯子给我们倒茶。

嫂子,你冤枉我啊,我是来请教刘老师的。邱红兵笑道。

刚才是鬼在叫。何云凤竖起右手食指,冲着邱红兵的脸,戳了两戳。

刘老师说陈栋梁一遇……一遇什么呀,邱红兵忘了词,邱林子赶紧补上一遇风云。对,对,刘老师说陈栋梁一遇风云便化龙,金鳞岂是池中物。

人不可貌相,海水不可斗量,你这个鬼莫狗眼看人低。何云凤笑哈哈地递给我一杯茶。何云凤的笑声爽朗干脆,满月似的脸,也是欢喜菩萨相。

谢谢嫂子。我说。

你看你,老实人,光被这些鬼们欺。下次这些鬼家伙再闹,叫你嫂子我舀一勺子盐放他碗里咸死他。

嫂子饶命,饶命。邱林子抱头作讨饶状。

滚回去,鬼家伙们莫再给我闹,欺负老实人。

邱红兵拢了拢披在身上的夹克,嬉笑道,谢谢刘老师,谢谢嫂子,撒哟那拉,Bye-Bye。我们也跟着鱼贯而出。

梁子,你家祖坟埋在哪边,东边还是南边?我们去天桥上吹风的路上,邱红兵问我。我不解地看着他。什么哪边?邱林子说老大问你爷爷的爷爷的坟在哪里?我想了想，说不知道啊。傻子，望着你陈家祖坟的方向每天早上作三个揖，保你一遇风云便化龙，格老子，这都不懂。邱红兵大笑着揍了我一拳。邱林子和梅明亮笑得捂住了肚子。我也笑。我×，我是一条龙？我笑疼了肚子。

黑夜里笑声传得很远，夜的春风吹鼓荡着，扑打我的胸膛。我双手举过头顶，直向天空。我在指尖上，看到了一只鸟，正徐徐飞翔。它叫灵魂？作家是一个到处寻找灵魂的人？装车工陈栋梁，他与作家的命运尚且隔着十万八千里。

4

茂密的杂草丛中，刘青松的个子显得越发矮小，他一边走一边扒开两边的蒿草。老狗云云一瘸一拐地跟在后面，云云的后腿包扎着一条已经看不清颜色的布带。

这是一间二十平米左右的屋棚。棚子最里面摆着一张单人床，上面铺着蓝白相间的床单，墙壁上糊着几张旧报纸。发黄的字迹里，仍可辨认出某些要闻：

2月22日，韩国棋院和谷歌 DeepMind 公司在首尔共同召开记者会，公布了韩国九段棋手李世石和谷歌人工智能"阿尔法围棋"交手方式、地点和规则等。9月4日至5日，中国杭州召开G20峰会，世界主要国家领导人悉数到位。10月17日7时49分，神舟十一号奔向天宫，执行与天宫二号对接任务。

枕头旁边一件蓝色中山装叠得齐齐整整。床边摆了一张五六十公分高的木桌子，桌上搁着一盏煤油灯，还有一本书，书页苍黄，书脊上用白线缝了一道边。我的心砰砰直跳，叫他，刘……刘老师。

他望着我，笑。笑得茫茫然。

青松老师。

他还是笑。他环顾屋棚四周，寻找我口中的青松老师。看上去若有所思。他惊异地问道，青松者，何人也？

我，我是陈栋梁呀，青松老师。

何人，栋梁也？

金鳞岂是池中物，一遇风云便化龙。我说。

客官何以来此？他又一次问我的来路。

我拿起桌上的《易经》，翻着那泛黄的书页，我说，青松老师，您给我算一卦。

天机乎，天机不可泄露哉。他把《易经》拿过去放回桌子上。然后，他去门外抽了几根狗尾巴草，返回屋棚，蹲在地上拼起来。两根草横摆在上面，第三根草沿着第二根的中端向左斜摆，第四根草接着第三根的尾端向右平铺过去。他摆得很慢，双手不住地打颤，像得了疟疾似的。摆到第五根，他把草放进嘴里，咬断大半截吐在地上，另外一小半截压在第四根草末端。他侧身向我点点头，指着地上的草图，庄重地念"云云"。我跟着他念"云云"。那只老狗趴在地上，认真地看着我们。

我试探着问，青松老师，你还记不记得你和我嫂子何云凤住在这里？

刘青松答，即鹿比虞，唯入于林中，君子几，不如舍，往吝。

嫂子在食堂上班，给我们打饭。

刘青松答，一阴一阳之谓道，继之者善也，成之者性也。

看来只好孤注一掷了，我说，青松老师，邱红兵，邱大胆你记得吧。

刘青松答，君子以俭德辟难，不可荣以禄。君子以教思无穷，容保民无疆。

他看着地上的"云云"，自言自语，"天乾三连，地坤三断。雷震仰盂，山艮覆碗。火离中虚，水坎中满。泽兑上缺，风巽下断……"静默的废墟堆里，午后的风吹过一缕一缕蒿草的清香，刘青松的声音显得高旷而幽远。

一辆二八式凤凰自行车，刘青松双手稳稳地扶住龙头，腰杆挺得笔直，目光正视前方，杀敌英雄般跨在高头大马上。何云凤搂着他的腰，不时地扯一扯他的衣角下摆。那是一件藏青色的卡其布中山装。我们五矿一共有三件中山装。矿党委书记刘爱民一件，矿长秦寿生一件，机电组组长刘青松一件。又去城里逛啊？快活哟。坐在门口的花想姣说。何云凤说逛个啥哟，我家青松去城里买书，上个星期买了四五本，这个星期又要买。刘富有说刘青松，自行车骑牢了哦，莫把你娇婆娘的屁股摔破了。何云凤笑嘻嘻地说，刘老板放一百个心，我家青松骑自行车稳得很。刘青松脸上始终挂着浅浅的一点笑意。一个星期一次，最迟两个星期一次，何云凤和刘青松要有模有样地骑过街道，往清宁城去。有人羡慕何云凤和刘青松恩爱，也有个别人吃不了葡萄说酸话，说两个人吃饱，全家不饿，当然潇洒快活。

刘青松性子软，温和。何云凤性子躁，爽朗。刘青松下了班，手脸洗尽油垢，捧着书读。何云凤下了班，买米买煤修水龙头，做饭扫地洗衣。干干净净的堂屋里坐着一个干干净净的读书秀才。花想姣说，何云凤，你要个男人只是帮你煨被子啊？刘青松直草不拈横草不拿，就你把他当个活宝。何云凤说我喜欢，我喜欢他直草不拈横草不拿。花想姣呸了一声，何云凤，你这个苕婆娘，活苕。

生不出一儿半女，这是106家庭中唯一的缺憾。男的不能生？女的不能生？当事人不讲，大家就只能猜。猜了一两年，偃旗息鼓了。何云凤和刘青松该搂着腰上清宁城，照样搂着腰上清宁城，刘青松的中山装该笔挺的，还是笔挺。曾经有那么一段时间，大伙没有听到何云凤哈哈哈的笑声，但不出一个月，笑声又起。何云凤又用铁勺子磕得我们的铝制饭盒哐哐地响，你们这些鬼，嫌咸嫌淡，你们是哪家的大爷？

云云从地上立起身子，蹿到门外，回身冲刘青松叫。刘青松搁下《易经》，跟着云云走。云云瘸腿，走得却是快，三跑两跑，隐在蒿草中不见踪影。"云云，云云。"刘青松叫得悠长情深。云云站住了，竖起耳朵，蹲在原地等。我和刘青松快走到它跟前时，它又往前跑。云云跑一跑，等一等。工友告诉过我，何云凤死了两年后，刘青松养了一只狗，叫它云云。

云云向矿区靠近翟家湾的那片竹林跑去。我看了看不远处的地面运输上，五辆翻斗车锈迹斑斑歪倒在地上。斜井井口果然变低了许多，人得趴在地上才能钻进去。2009年3月份，正是忙春耕的时候，翟家湾的几亩水稻田一夜之间往下坠了一米多深，形成一个巨大的地坑。村支书找天宝公司的老总张兴华理论。张兴华说，天要下雨，娘要嫁人，地要往下陷，我拉得住？村支书说，你们不斩尽杀绝地挖，地会掏空？地不掏空，地会往下面陷？张兴华说，照你翟支书这样说，地震又是哪个掏空的呢？这话激怒了翟支书。他回到湾里，率领十个种田老把式，一辆拖拉机轰轰轰开到清宁市政府大门口。从拖拉机上抬下来一柄铁犁。两个白头发老人一左一右站定，拉出白底黑字五米长的横幅：老百姓要种田。这动静惊动了政府。清查小组进驻天宝公司，发现五矿及附近方圆几十里，地底下几乎全被掏空。在利益的驱动下，天宝公司的胳膊伸得太长太滥。继翟家湾现出地坑外，五矿的一栋家属楼，也就是程美丽家那栋，东北一角地基下陷，山墙呈倾斜之态。五矿，摇摇晃晃。五矿的开掘史走到了它的终结。

矿成了废矿，矿上的人还得活。一根草，一滴露，人人去找活命的天。出得力的去找地方出力，出不得力，去找地方等老等死。东西向和南北向两条小街一天天走向清冷，青石帮军师贺建斌的碉堡邮政所上空，青鸟的翅膀折断不可飞。贺建斌加紧调往清宁市六里棚邮局的步伐。刘富有的"好再来"餐馆一天到晚，做不了一拨生意，天天喝西北风。再见了，再见。"好再来"撤进清宁市。撤退前一天，刘富有请道士到他父亲的坟地上作法迁坟。矿上接连又有几处出现了塌陷，万一哪天他父亲的坟地也陷成地坑，他连父亲的老骨渣渣都会找不到。身着黄袍子的道士烧纸钱黄纸，刘富有和两个儿子跪在地上磕头。道士又手持一柄铜剑绕着坟堆转圈圈，嘴里呜哩哇啦。鞭炮炸完后，刘富有在坟头挖了第一锹，两个儿子接着挖。挖开坟，大儿子用一个红布袋子接住了几根骨头。刘富有抱着骨头袋说，父呀，您不能在这里睡觉了啊，今天我们给您搬家，乔迁新居。

我和刘青松随着云云在零乱的坟堆丛中，一座坟一座坟走。黄土之下，骨灰之上，灵魂的气息随晚风吹过。我深吸了一口气，我想靠在某个坟堆边，哪个坟堆都可以。我认识的，我不认识的。我还是装运工人陈栋梁时，经常一个人走到竹林的坟堆处，仰面靠在黄土堆上，看天空中的星星，看三小时前刚埋进土里的一个人，坐上一辆我叫不出名字的马车，缓缓地上升，升到对流层、平流层、中间层……在我身边，竹竿、竹叶还有蚂蚱、蛐蛐透着无限的欢喜，它们摇曳生姿，唱着死亡的赞歌。

正当我决意选择一个坟堆靠下来，一直走在前面的刘青松"云云，云云"叫起来，他站定在一座坟边。墓碑缺了上半部分，凹凸不平，碑上的字完全看不清楚了。坟土上的杂草葱绿水灵，蓬蓬勃勃。旁边一块两尺见方的空地上，摆着几根早已晒干的草。横，横，撇折，点。

5

2006年秋，那天晚上下起了倾盆大雨，五矿消息集散地小卖部里，除了店主王老二守着店，没有一个人。大伙早早上床睡觉。街面上湿漉漉的，闪着水光。夜里九点多钟，倾盆大雨仍没有停歇，雨滴打在屋檐上，滴滴答答地响。突然，一阵阵撕心裂肺的嚎哭声划破了整条街的雨声。接着，是混乱的脚步声，几家的男人开门，跑到街上。

是刘青松，是刘青松，刘青松爆炸了。刘先道扯起大嗓门喊。

刘青松身着卡其布中山装，短裤，赤脚，昂着头在大雨中狂走，狂叫。刘富有和刘先道一人一边，抓住他的膀子往回拉。他挣脱了向前跑，尖叫，嚎哭。啊啊啊，啊啊啊。呜呜呜，呜呜呜。工友说那天晚上，刘青松把他一生的泪水都哭了出来。

三天前，何云凤的骨灰坛子由邱红兵从广州送回到五分矿。

该以何种态度对待送骨灰回来的邱红兵，现任工会主席田国忠犹豫不决，去请教"清宁市玉龙公司"副总经理秦寿生。秦副经理双脚架在茶几上，抖了两抖，冷笑道，怎样对待？死人为大，他邱红兵还想翻个天？人家何云凤遗愿是葬回矿区，你们到竹林那里找一块地，好好把人家埋了。秦寿生胸中那口怒气，过了这么多年，还没有烟消云散。

禽兽生，你信不信我拿刀劈了你。禽兽生，我的组长你可以撤，但今天你前一分钟扣我们组这个月的工资，我后一分钟就拿刀劈你，你试一下。禽兽生，我不拿刀劈你，我邱红兵就被我的口水噎死，被我的眼睫毛眨死。

邱红兵一口一声禽兽生，观战的人咬紧腮帮子，想笑不敢笑。秦寿生矿长气得喉结发梗，说不出话来。

这件事与我们青石帮成员刘耗子有关，他去隔壁四分矿找心仪的女孩子月下散步，惹怒了四矿一帮人，肥水不流外人田，你小子被鬼摸了头，到老子们矿上来撒欢。四矿一帮年轻人打得刘耗子鼻青脸肿，铮亮的三接头皮鞋也被迫脱下来，甩进了下水沟。我们老大哪里吃过这等闷亏，他一声令下，我们操的操棍子，拿的拿铁锹，扛的扛铁棒，杀气腾腾杀到四分矿。不料两个矿的派出所早作安排，我们的血光大战没有得逞。"五矿三采区割岩组组长邱红兵无视矿区安定团结，带头闹事，聚众斗殴。现撤去其组长职务，扣去本月工资三分之一，其余人扣去本月工资四分之一，以示警戒。特此通告！"通告在墙上没有贴到半天，刘耗子一把扯下它，撕了个粉碎。

邱大胆邱红兵与秦矿长秦寿生结下了梁子，邱红兵开口闭口禽兽生禽兽生。

田国忠还有一事想讨教秦副经理，如果刘青松与邱红兵当场闹起来，如何处置。看秦寿生怒气未消的样子，田国忠只好作罢。到时候再见机行事。

邱红兵回来了，白衬衫，黑皮夹克，黑皮鞋，拎着一个黑皮包。花想姣说，皮包皮鞋，还有那个皮夹克肯定是个假货，假皮子。花想姣的男人梅大权说就你百事通，多管闲事。花想姣头一偏，要你管。邱红兵看不出衣锦还乡的欢喜，也看不出送骨灰者隐隐的哀伤，完全是一副成熟男人的平静面色。他掏出烟发给站在街边的人。

回来了？

回来了。

田国忠接过黑皮包，一起往106去。贺好枝、崔桃喜、我奶奶几个妇人早已供起香案。头烫大波浪，身穿大红毛衣的何云凤挂在墙上，欢喜菩萨脸。我奶奶的眼泪一下子就滚出来了，一个成天哈哈笑的人说没就没了。贺好枝的眼睛也红了。矿上关于她儿子邱红兵和何云凤的闲言碎语，她也听到一些。她不相信，但她又不能找那些传闲言碎语的人理论。一理论，反倒给人捏了心虚的话柄。今天她儿子回来送骨灰，她要是不来帮忙，别人也会说她心虚。贺好枝扶着我奶奶，奶奶抬起手揾了一揾眼睛，去瞅坐在藤椅上的刘青松。刘青松眼睛睁得老大，目光却是涣散。两片发青的嘴唇一直开合着，抖着，没有声音。

一个青花瓷的骨灰坛子。

邱红兵双手捧着坛子，站在藤椅旁边喊了一声，刘老师。

一屋子的人屏住气息,紧张地看着刘青松。刘青松的嘴唇抖抖抖,上下牙齿碰得咯咯响。邱红兵又喊,刘老师。刘青松抬起头,面上似笑非笑地扭曲着。他接过青花瓷坛子,盯着看了一会,说劳烦你了。

大伙长长地吁了一口气。

骨灰盒交给刘青松后,邱红兵给众人又敬了一圈烟,起身告辞。贺好枝说红兵你在家里住两天啊。邱红兵说厂里等着我进材料。田国忠说进个材料迟一天两天,没问题。邱红兵说时间就是金钱。

拎着失去重量的黑皮包,邱红兵走出了清宁市玉龙公司。有个工人在矿区门口,看见邱红兵与秦寿生相遇,邱红兵微笑地点头,并且掏出烟,递过去。工人说邱红兵的样子潇洒极了。

他还有脸回来,呸,不要脸,不要脸。花想姣背着贺好枝和刘先道的面,唾沫直喷。

何云凤和邱红兵到底怎么回事?他们不要脸?谁最先不要脸,最先伤害刘青松?这是一个谜。何云凤挂在了墙上,永远不会有真正的谜底了。

天刚麻麻亮,五六点钟,从何云凤出租屋里出来,怎么解释?

早上出来就有问题?说不定赶早去拿点东西。

嗬，你早上一脸睡相去一个女人家里拿东西？

哎，哎，莫瞎说，我哪个时候那早去哪家，你莫瞎说。

说不定是何云凤有事找邱红兵帮忙哩？邱红兵出门早，在外面站住了脚，是老乡们的头，矿里面出去打工的人有困难都找他。

帮到那个地步啊，进出何云凤的出租房就像进出自己的房子一样？

你哪只眼睛看到了？你有千里眼顺风耳？

双手不拍，巴掌不会响，大风不起，浪不会来。

何云凤……照说，不应该呀。何云凤对刘青松好得像个活宝。

这人心隔肚皮的事，说不准。活人总不能被尿憋死，一个环境一个活法。

听说有一次，何云凤病了，发高烧，邱红兵给何云凤熬生姜汤熬稀饭，还用冷毛巾给她一遍遍敷额头。

照我说呀，还是刘青松迂腐，他早就应该把何云凤弄回来。弄回来了，什么事都没有了。

刘青松去过呀，你们忘记了？

话说到这个节点上，王老二的小卖部里有了片刻的安静。人都死了，说东说西还有狗屁用。关于何云凤与邱红兵的是是非非，小卖部里的七嘴八舌一直就没有断过。

2000年，何云凤外出打工。2002年，就有了一些他们关系的推测。2004年8月份，刘青松去了一趟广州。有人说他去找邱红兵要说法，和何云凤大吵了一架，连续两个晚上睡在老乡男工友宿舍里。刘青松要何云凤回，何云凤不回。何云凤说树挪死人挪活，我在这里既长了见识，又攒了钱，到时候，我们到清宁城买房子，五矿那里总有一天会被挖塌的。

何云凤出门后，每隔两三个月，会有一笔汇款单从广州寄过五矿。何云凤打工的钱，一分一分攒下来汇给刘青松。

在大伙的印象中，106屋里的两个人，结婚十多年，只有在2000年，也就是何云凤辞了食堂工作，打算去广州那段时间，两个人有近六个星期没有搂着腰骑车去清宁城。那一年，高音喇叭里整天唱"总想对你表白，我的心情是多么豪迈。总想对你倾诉，我对生活是多么热爱。勤劳勇敢的中国人，意气风发走进新时代……"刘青松穿着满是油垢的工作服，整天加班，不该他干的活，他也抢着干。何云凤家堂屋的藤椅上少了一个读书秀才。何云凤和刘青松俩人闹拉锯战，何云凤说你听听，都新时代了，还不出门换个活法。刘青松说，矿上不是在新时代？何云凤说时代是新的，但新的不一样。刘青松说广州新时代要人做事，五矿新时代也要人做事。

千禧年的端午节这天，何云凤蒸鱼蒸肉炖汤，做了一大桌菜，邀请花想姣刘先道贺长庚等左邻右舍为座上宾。何云凤给自己倒了一满杯酒，说我家青松以后要拜托大家多照顾，他这个人呐，除了修机器，读书，百无一用。何云凤连干了三杯酒，将刘青松托了孤。第二天清早，第一拨上早班的人看到何云凤背着一个大挎包，提着一个大行李袋坐上了去清宁城的电平车。

何云凤从发病到死，前后不到三天，连病因都没查出来。先是身子一阵冷一阵热，头剧痛，呕吐，接着呼吸急促，血压降低，最后呼吸衰竭。何云凤骨灰埋进了竹林，大伙多了一双眼睛，加倍留意刘青松一举一动。对邱红兵说"劳烦你了"后，整整三天，刘青松一句话没说，一口茶没喝。贺好枝热菜热饭地端过去，又冷菜冷饭地端回去。刘青松脸色灰白，坐在藤椅上。大伙儿忐忑不安，不晓得刘青松身上绑了多大一个炸弹。刘先道说，他要是炸了就好了。田国忠满有把握地说会炸的，会炸的，炸了就好了，一炸百了。

倾盆大雨之夜，凄厉的啊啊啊呜呜呜声中，刘青松爆炸了。他把一生的泪水都哭了出来。

刘青松又穿起中山装，坐在藤椅里，读《易经》《红楼梦》，读《浮生六记》《闲情偶记》。后面几本书大伙儿听都没听说过。但是，看见刘青松坐在藤椅里读书，大伙儿悬着的心就能放下来。

花想姣发现了异样。

这天傍晚，王老二的小卖部里，花想姣发布了一个重磅消息。她的嗓音又大又聒噪，我的个妈天啦，我的个妈天，刘青松的脑袋怕是出了点问题，刚才我去他家借手电筒，发现他看书看了半天，书是倒的。

他在思考书上的内容。

我的个妈天哦，你是没有看到他的眼睛。眼睛珠子一动不动，还思考问题？

很快，全矿人的眼睛就证明了花想姣的发现接近事实。

早上，刘青松骑着那辆二八式自行车上清宁城。晚上六七点钟，刘青松骑着二八式自行车回矿。清宁城有了传言：五矿出了一个穿中山装的文疯子，每天骑着自行车满城地转，自己和自己说话，声音轻微；时而点头，时而皱眉，时而一手扶龙头，另一只手腾出来，指向远方。

6

这次，刘青松拼出一个花花绿绿的"云"。碧绿的青草拼出两横，白色的蒲公英搭拼出撇折，金黄色的野菊花放在那最后一点上。他坐在坟边,看"云"。忽地,他站起来,提脚就跑,嘴里啊啊啊,含糊不清。他在十几个坟墓间蛇行奔跑,身体折过来,扭过去,像是有人在全力追赶他。他猛扑到何云凤墓前,抱住那块碑,身子瑟瑟发抖,惊恐地大叫,云云,云云。

青松老师!我急忙叫他。

他用手掐自己的脖子,喉头发出呃呃的呜咽声。我掰开他的手,来,坐下来,坐,不怕。我轻轻拍着他的背。他顺从地坐下来,头无力地靠在我肩上。

太阳偏下去了,天色暗得昏红,起了一阵风,刘青松花白的头发在风中飘曳。我靠着刘青松,刘青松靠着我,老狗云云卧在刘青松脚下。我闭上眼睛,等着睡意过来。

陈作家,陈作家。王主任从竹林那边钻过来。哎呀,把我吓死了,我还以为您……王科长看到了我身边的刘青松,他瞪大了眼睛。

你怕真的有地坑把我陷进去了?我笑道。

我给邱总打电话,他让我到原来的职工俱乐部那里找,又让我到竹林这边来。王科长惊诧的眼神落在刘青松身上,叹了口气,你呀,你可不可怜,你动不动就往坟地里跑,跑什么呢?跑。

你们认识?

他不认识我,我认识他。他是刘老师。王科长往后退了几步，说每隔半年，我都要负责把他接到城里去，还有这条狗。王科长冲老狗云云摆摆手，算是打个招呼，我带他去医院做体检，去做衣服。

他身上穿的这衣服？我指着刘青松的中山装。那只中性笔的笔芯直接戳出了胸前口袋，笔盖不晓得掉哪里去了。

现在很少有服装店卖中山装，是邱总找到的一家老字号裁缝铺。夏季是夏季的中山装，冬季是冬季的中山装。一年至少要给他做三套。王主任又怜惜地看了眼刘青松，说陈作家您也看到了，这个地方根本不能住人，电不通，水不通，垮得稀烂。社区把他弄到"新膏"街上住，他偏要住在这边。邱总在清宁市有一套房子，专门留给青松老师，但他住在那里，最多不超过三天，就往外跑，一跑就跑到矿里来了。邱总只好每隔半年，把他接到城里去，我负责照顾。陈作家您说，他这个样子，怎么把路记住了？

你们邱总，他……他和刘老师交流多不多？

怎么交流啊？刘老师开口就是什么飞龙在天，利见大人，还有什么云从龙，风从虎。天书，听不懂。王主任摆摆头，说有时邱总在外面应酬很晚了，也会去刘老师那边去坐一下。刘老师要么睡着了，要么抱着书靠在椅子上痴痴呆呆。邱总也不怎么说话，只是坐在一边抽几支烟。陈作家，我，我冒昧问一句，刘老师是邱总什么人？是他原来的老师吗，还是亲戚朋友？

我笑了笑，搀着刘青松往回走。晚风从竹林那边吹过来，吹动刘青松花白的头发。

在邱红兵面前，我们这帮老兄弟绝口不提他的个人生活史，包括何云凤。1995年，井下工人邱红兵和他的幺兄弟老六子，石膏工艺厂的设计师刘雄文喜欢上同一个姑娘白莲花。后来，邱红兵离开矿区，去了广州。电子厂、皮鞋厂、玩具厂……南方的土地上，洒下了邱红兵吃过的苦、流过的汗、流过的泪。为护住厂里的女工，他被流氓地痞打掉牙齿；为请求启动资金，他跪在银行信贷部门前；为拿到订单合同，他喝酒喝到医院重症监护室抢救两天。第一次在何云凤出租屋里过夜，他扇了自己两嘴巴；何云凤咽下最后一口气时，他的心碎成了稀烂。这一切，我们守口如瓶。我们说起老大邱红兵，只说他红旗招展，捷报频传。邱红兵做副总，做总，邱红兵收购天宝公司，邱红兵创建矿业博物馆。

说起矿业博物馆的创建，青石帮的兄弟们倒是实打实地参与了。照说邱总一个大手笔投资，轮不上我、贺建斌、黄俊杰、邱林子，我们这伙还不知道金钱自由为何物的人来参与。可架不住邱红兵礼贤下士的样子，一杯杯地灌酒。

贺建斌贡献出了一叠"欧阳明强"缄。邱红兵说你信里又没说爱你亲你这火烧火燎的辣话情话，有什么不能贡出来的？贡贡贡。让大家知道某些人假借讲解膏矿志闹恋爱革命的光荣史。

邱林子贡出了十五盒录像带。王祖贤的《千年女妖》，邱淑贞的《偷偷爱你》，李丽珍的《蜜桃成熟时》……据邱林子招供，当年，我们坐在黑暗中的"寰球"时，他最想看的是"蜜桃"。邱红兵说格老子，哪个不想看蜜桃，哪个是个×。贡贡贡，贡出来我们看。邱红兵弄来一台老式 VCD，带子放进去，呼呼地响，却只有漫天雪花飞。

黄俊杰说我没有贡的。邱红兵手一挥，邱林子，去和这个黄同志喝三十杯。黄俊杰贡出了一个小四方木凳子。那是 2012 年，他自憨憨事件离开五矿后，第一次返矿，从摇摇晃晃的五矿撤走他爸黄大安。关门闭户前，黄俊杰返身入室，把爷爷黄百元天天坐在上面擦鸡筐子的木凳子拎出来，放进车里。

我贡出了爷爷的百宝箱，箱子里装着爷爷的工装、毛巾、劳保手套。

花想姣贡出了一双黄皮鞋。鞋底断了，鞋面上一拍，灰色的皮屑纷纷地落。那是她在五矿红娘生涯里最后牵线一对新人得到的酬谢。

刘富有贡出了一个大搪瓷碗。刘富有问邱红兵，邱总，还记不记得这个碗里的排骨藕汤？邱红兵说富有叔，你那时候炖汤有什么秘诀,现在我喝什么汤都不香。刘富有说现在呀,现在的汤还是那个汤,现在的邱红兵不是那个邱红兵了。

这些东西陈列在博物馆专门开出的一个展柜里。在展橱的左上角还放着一本书页泛黄的《易经》,《易经》旁边叠放着一件红色毛衣。花想姣认出了它的主人。花想姣说,我们那时候穿的毛衣都是自己织,何云凤织的这件是元宝针。我们也都想起了何云凤,她欢喜的菩萨脸,她坐在刘青松自行车后面,去清宁新华书店买书。问题是这件红色毛衣是谁贡出来的呢?在没有贡出来之前,它又在哪里安身?

我很想问一问邱红兵,但是,这触及他的个人生活史,我不能碰——除非我把它们写成一部小说。我今日所见废弃的工人俱乐部,三只黑乌鸦和金光闪闪的大字"邱氏公司",它们会是这部小说的影视外景。

我拨通邱红兵的手机,老大,我答应你,我写。邱红兵那边人声热闹,有劝酒的声音,有女人的声音。邱红兵大声说,梁子你说什么?你说你写什么?他忘记了他给我说的话。昨天酒局散后,邱红兵送我去酒店,说,梁子,你的大部头呢?搞出一部来,咱们拍电影,到咱们五矿去拍。我说用五矿作外景?邱红兵说我那个四千八百平方米的博物馆够不够,整个五矿给你够不够?漂亮女郎笑嘻嘻地插言，陈作家的小说要拍电影了啊？我要当女主角哦。邱红兵说就这么定了，你演女主角。漂亮女郎问，哪个男主角呢？邱红兵说，这还用说。梁子，听到没有，邱红兵男一号。邱红兵醉醺醺地，走路一步三晃，手指着大街上闪烁的霓虹灯，梁子，把我的戏份搞多点，搞个六十集。

老狗云云跑在最前面，刘青松随后，我随后。我们进了106遗址处的屋棚。青松老师从枕头底下摸出火柴盒，划燃一根点在煤油灯灯芯上。火苗倏地亮了。摇曳几下，定住，照亮了地上用狗尾巴草拼写出的"云云"。

夜深了，凯迪拉克开出"邱氏矿业公司"。宝峰河面上泛起灰白的薄雾，清凉的气息弥漫在河两岸。夜虫一声一声鸣叫，清晰而有节奏。我回头看五矿，在那里，世界很大，也很宁静。

【补录九】

又下起雨来。

雨滴打在窗玻璃上，滴答，滴答，雨响着。雨滴打在了香樟树叶上，簌簌，簌簌，雨响着。

夜有这么长，雨有这么长。

我一直听雨。听了这么长的时间。

我叫时间给缠住了。我睡不着,在时间的深渊里听雨。

时间这个东西,最是无情物,今朝与你恩爱,明日和你陌路。成灰的成灰,成土的成土。人和物不过是它度量的工具。度量完毕,扔了你甩了你,毫无念想。它不和你拉拉扯扯,藕断丝连,包括荣耀。别指望它光辉万丈,照亮你八百辈子。我却参不破,丢不下,吃够了苦头。

就说今年2019年3月21号,立夏日,我得到了过去一年的年度奖,也就是2018年年度文学大奖。奖有点大。新华网、腾讯网、人民网,扑天盖地的报道、花团锦簇的个人专访,记者们有这本事。我不过是说了些上得了台面的话,也说了一些上不了台面的话,他们裁剪,架接,蒙太奇,翻转,进行二度创作。

记者:陈老师,为什么你笔下总离不开死亡,文本中透露出阴郁的神色?

陈栋梁:人活一辈子,无非活生死两件事。生可见,死不知。只有通过对死亡的不停书写,才能去勾画死亡的各种可能性。作家从事的工作其实是一个平衡木。繁华与苍凉,兴盛与衰败,背叛与爱情,活着与死去。众人活在前者中,作家活在后者里。如此,生活的多义性才得以充分展示。

（实际回答：这个，嗯，不清楚。每个人都活得匆匆的，活晕了头，我真想泼一瓢冷水。我给你讲件事吧。有一天，我路过医院重症监护室门口，看到一家姐弟两人大打出手。姐姐又是拽又是抓，把弟弟一张脸抓得血水流。弟弟连骂带吼，你凭什么要房子？有你的份？嫁出去的姑娘泼出去的水！姐姐骂，泼出去的水不是爷娘老子生的？走，去问老头，看老头是不是说七套还建房不能分给姑娘一套。姐说着就去踢门，弟弟也去踢。重症监护室的大铁门被踢得咣咣咣地响。我恨不得冲上前扇他们一人两耳光。这对狗儿女，就算他们踢开了，也得不到回答。他们的老头气管切开了，插着呼吸管。）

记者：陈老师，您如何看待过去与当下？一个作家的往日生活与他今天的创作有必然关系吗？

陈栋梁：每一个过去都是曾经的当下，每个当下都是必定的过去。它们构成一条时间链，扣住生命里的一个个烙印，从而为创作提供强有力的后方支撑。作家笔下一场水深火热的爱情，文本最初的发动机可能来自二十年前，三十年前，甚至五十年前某个女人和某个男人的夜半对话：别离开我，别让我一个人呆着。我没有离开你，我就睡在你身边。不，别让我一个人醒着,别睡啊,别让我一个人醒着。

(实际回答:过去和当下?有啥过去和当下之分,不就是一个肉身在时间之河里打滚。一身泥泞一身无。你把时间分成今天明天,分成十点十分,十点十一分,分分秒秒度量它、规划它,好像你能控制它。你晓不晓得,时间是会溶化会停滞的。嗨,你看过《记忆的永恒》吗?达利的,超现实主义画风,几块软塌塌的钟表有的挂在树枝上,有的搭在平台上,还有一个披在怪物的背上,一个个疲惫不堪。连时间都会走累,我们还想去控制它,哼。)

文字对话的右上角配着我一张黑白生活照,牛仔裤、白衬衣,背后靠着半堵老墙。只是半堵,因为墙的另一端坍塌了,碎砖碎石散了一地。几株狗尾草长在墙头上,在风中摇摆作态。我双手环抱,仰面望天。我没有笑。天空也没有笑,天空很严肃,一本正经。一丝光从天顶上某条缝隙中穿透而出,直射到我脸上,沿着右额头、鼻梁、左嘴角,割出斜斜的一条,像刀。我半边脸在光里,半边脸在暗里,我就那么阴阳着脸,仰面望天。

我的读者叫我"曲项向天哥"。

"曲项向天哥"时常想起贺小果。贺小果仰头望月,他全身的骨头唱着愉悦的歌。

打住,话题扯远了。

我得到了大奖,大奖掀起巨浪,一波一波的浪鼓起手掌,绽放鲜花。我辗转于庆功宴辗转于酒杯。酒之前之后,还有讲座会,分享会,研讨会,又是掌声,又是鲜花。

忽然,我不能睡觉了。喝再多的酒,也不能睡。

有人在我耳边絮絮叨叨:你以为这就是你所得,你以为这就是你所得。这声音,寒意彻骨。我捂紧耳朵,但是他跟定我,我靠在沙发上,他靠在沙发上。我站在阳台前,他站在阳台前。他跟着我寸步不离。我猛然跳起来,以最快的速度逃离房间,往楼下跑。他被激怒了,雷霆大作:陈栋梁,你以为这就是你所得?

他向我伸出手,我认出了他:他的手指冰冷枯槁,柔软无力,酷似一条垂死的蛇。三年前,我在精神病院做义工时,一夜一夜不能入睡,也是这声音,这垂死的蛇,纠缠我,攫取我。

他即将唤来他豢养的黑狗,然后,把我收归他有,盖印封存?

我熟识他的招数。我自己的命运,我了然于心。

不,我不想失踪。消失在鲜花丛中的人太多了。我听出一波一波的巨浪得意地狂笑,它们要陷我入百慕大三角。

两个月零三天,我睡不着。

我去找相识的心理医生。他十万分地同情，你看你，还写个啥，命都要写没了。

我不写，我干什么？

干什么？干吃，干喝，干拉，干撒。医生朋友恨恨不已。

我……我无助地望着他。

出门走一走，走哪里都可以，干什么都可以，就是不要关在书房里，不要写作。

我听从他的处方，从灼热的书桌前逃开。书桌的灼热，不到一定时候，你难以感受得到。一张书桌勾结了巨浪，时时刻刻呼啸，前进前进；摄氏几百度的烙铁烙在身上，哧一声冒出灰白的烟，能不灼热？

逃到哪里？

我逃回旧时间，逃回五矿，看到了十九岁的陈栋梁。陈栋梁在两百米深的井下挖石膏，他靠着竹林里任何一个坟堆都可以入睡。

尾声：良宵会

写完当天的三千字，我关电脑，关灯，坐在黑暗里听曲子。意大利影片《美国往事》中的主题曲，华美的女声在弦乐中滑动，时而游出，时而潜入。它没有歌词，令人心碎。

搁在桌上的手机滴滴几声，提示有微信留言。我把手机推到一边去。我恨它打破了弦乐。它又滴滴响，滴滴响。拿起来看，吴晓舟发来的三条微信。内容一模一样：栋梁老师好，本周六的文学讲座，辛苦您了。我们崭新的大讲堂已准备好啦。恭候大驾！文字后面附了一个笑脸一朵小红花。

吴晓舟是在邱红兵组织的一个饭局上认识的，三四十岁，齐肩短发，说话时眼睛爱盯着人看，属于那类精明能干的女人。刚任清宁市文联主席不久，一胸腔的文艺热忱，将她手下的十几个协会弄得风生水起，到兄弟县市协会交流采风，请名家大师搞培训，开讲座。陈老师，作协这边第一讲您得出山。您是我们清宁市走出去的大家，是清宁市的荣耀，有权利，也有义务嘛。她的话说到这个份上，我再推脱就说不过去了。我不大愿意搞这种讲座，雷声大雨点小。你在台上讲一两个小时，就能撬开底下听众的文学之门？悬！有这听讲座的时间，不如去孤独。孤独地在大街上游荡，孤独地睡在野外的坟地上。孤独才是艺术家的家底。

讲座如期举行。吴晓舟连敬我三杯酒，陈老师，我们会员反响非常好啊，您讲到的那个诗人贺小果，您还有联系吗？我笑而不答，只与她喝酒。对一个与你过去生活完全不相关联的人，你讲得清楚？我列举贺小果，只是这个讲堂所在位置触动了我的往昔。我问吴晓舟，大讲堂怎么不是建在市里？吴晓舟短发一甩，笑道，陈老师，你只说大讲堂气不气派？大气派，我说。讲堂呈品字形，古朴端庄。正大门这面墙是暗红色仿古砖，其余三面外墙则是青灰色。讲堂内空高近十米，从屋顶到地面，上下浑然一体。穹窿形的屋顶，天花板上纵横密排着近百个灯孔。

这样一个大讲堂，建在一个省会城市都是城市的脸面，它却建在新膏街，曾经的五矿办公大楼原址旁边。（原址已经易名两次，先是张兴华的天宝公司，后是邱红兵的邱氏公司。）

建在这里，是政府的意见？我问。

吴晓舟说，不是政府的意见，是捐赠老板的意见。去年不是清宁市建市三十周年吗？外地回来了好多清宁籍贯的人，都是些有头有脸的成功人士。这个老板人没有回来，给清宁慈善总会捐赠了一笔款，指明在原来的清宁石膏矿五分矿建一个讲堂，用来举办清宁市各种文艺活动。

那个人叫什么？

不知道，是委托他人捐赠的。

一个无名英雄？

管文教卫的许市长去北京找委托人，委托人口风紧，不肯透露对方半点信息。许市长缠了他一天，缠到一个公司名字。找到公司，却没有人揭这个英雄榜。许市长在前台接待室喝光了两壶碧螺春，最后只得到了"一个清宁人，做点清宁事，无需相扰。"

听吴晓舟这一讲，我当场打邱红兵电话。邱红兵哈哈大笑，梁子，要是我捐的，我还隐姓埋名？我还想找到这个人，感谢他把五矿弄得像个文艺圣地了。我给你说，如果我的矿业博物馆是个男人，那这个良宵会大讲堂就是个女人。一阳一阴，一刚一柔。用我们搞企业的行话讲，这叫共济共生。唱歌的，画画的，写小说的一个个往矿里跑。现在的五矿，不出石膏，净出诗人画家了。梁子，我强烈建议你去找这个人，找到了，咱兄弟们和他喝一场大酒。

当天晚上，我给北京几个圈子里的朋友通了电话。随后，我登上武汉至北京的动车。这个被指定建在旧五矿的良宵会大讲堂勾住了我。讲堂取名良宵会，出自《古诗十九首》中的一句"今日良宴会，欢乐难具陈"，大讲堂两侧撰写的诗句也出自《古诗十九首》，左边"不惜歌者苦，但伤知音稀"，右边"愿为双鸿鹄，奋翅起高飞"。

按许市长提供的地址，我在朝阳区青年路上找到了"北京楚韵文化传媒有限公司"。前台接待员挡住了我的路，说没有预约，恕不接待。我说，我和你们老总是老朋友，去年他在湖北清宁建了一座大讲堂，我专程来同他聊这件事的。接待员小姐姐反问，你没有老朋友电话、微信？我说换了手机，号码不小心给弄丢了。小姐姐还是疑疑惑惑，我补上一句，去告诉你们老板，我叫陈栋梁，在清宁石膏矿五分矿挖过石膏。

等了片刻，接待员小姐姐返回前台，实在抱歉，我们老板不在。

我猜到就是这个结果，我说，谢了啊，改日再来。出了接待员视线，我直奔公司对面的咖啡厅，挑了个临窗位置坐下。咖啡喝到三分之二，他出现了。我赶紧戴上墨镜走过去。他身着亚麻白色休闲衫，亚麻黑色休闲裤，左手上绕了一圈黑色手串。他的眼神平视前方，面色平静。当年，他总是低着头，五矿在他眼里若有若无。他半夜独自去贺建斌的邮递所投寄稿件时，才会仰面看天。月光照着他的脸，高傲，自在，如同一个国王巡视他的疆土。司机拉开车门，他刚要上车，一个人拿着文件夹追上来，递上签字笔。

司机再次拉开车门。他坐上车，疲惫地靠在椅背上，去向人来人往的大街。

看着远去的车影，我想告诉北京的朋友，他们提供的信息完全正确：楚韵文化传媒有限公司的贺总贺思章他不写诗，却出钱请人办诗歌创作培训班。他不写小说，却收集了莫言贾平凹叶兆言等一批签名书。

我还要告诉朋友们，有月亮的晚上，在清宁石膏矿五分矿，在宝峰河边，贺总贺思章半夜三点醒来，看见了一条鱼。

一条鱼死在春天的河畔。

后记：被遗忘的人也是人

校门被大拇指粗的铁链子锁住，铁链上的锈迹斑斑驳驳。透过门缝往里看，到的除了蒿草狗尾草，还是蒿草狗尾草。有人在这里养过一百多头杜洛克猪。猪生意不赚钱，又有人在这里养过上千只白鼠，据说是抽它们的血清作医用。

拐过校园旁边一条杂草丛生的小路，是单身矿工宿舍区。房梁坍塌，地角下陷。几块木门歪着倒着，窗玻璃碎得到处都是。北面山墙上隐约可见"安全生产大如天，人人崩紧这根弦"暗红色大字。当年，字鲜红，红得滴血。一条褪色发白的工装裤悬挂在电线竿上，像破败的旗在风中呼呼作响。

我盯着旗出神，忽地从瓦砾堆里窜出来一只狗，精瘦精瘦，骨头架子凸起如坟。它仰头冲我狂吠——你，谁呀？滚开！这地盘是我的！

怎么可能?!

一群人，又是雄心勃发又是茫然惆怅，曾在此风雨飘摇快意恩仇，那是上世纪九十年代初。说到上世纪，我有些恍惚，这么久了？已成过往？

且慢，若无过往，岂有当下？断代史的去向也是人世绵亘天地浩荡。我想有个纪念物，有座纪念碑，五矿的故事就这样开始了，我创造着我的世界。世界里生活着割岩组组长邱红兵，司磅工梅艳方，靠在坟边酣然入梦的陈栋梁。

当我提笔写下第一行字"贺小果不属于青石帮"时，我恍然大悟，这么多年来，为什么我的耳边总响起一声轻轻的问候，如雾如霭，时隐时现。我坐在二十一世纪的公交车上，他们在窗外向我招手；我走在二十一世纪的公园小道上，他们在桃花李花间向我招手；他们在网红抖音直播带货这些词汇里，向我招手：周芳，别来无恙！

是时间养育了他们。他们的爱恨，悲喜。突然间，如此的清晰。还有月光，书信，绿皮火车。

在我有限的天文知识里，我知道月光由月亮反射太阳的光而形成。月亮不曾变老，太阳不曾变旧，所以"皎皎月光"永恒，可现在当我向学生们描述旧日情景，我成了形迹可疑的人。我说："车窗外，深蓝的夜空上，一弯眉月鳕鱼一样缓慢地移动。我追着它，盯着它看，看到眼睛发酸，发疼。树木、夜虫在散发着露水的气息里，应和宇宙的秩序，与月光相逢一笑。"学生反问："老师，你们那时候不宅在家里打'王者荣耀'吗，你追着月亮看什么，月亮有什么好看的？"

那时，夜诉衷肠，絮语绵绵，青鸟展翅翩翩飞。每一个身着墨绿色邮差服的人都是我们最亲的亲人。1991年春天的夜晚，在一本诗歌杂志上，我读到"煮字疗伤，不舍昼夜，诚交天下以诗为生命者，芳草凄凄，天涯比临。"我久久地伫立窗前。漫漫长夜，一个莫名的知己在远方向我微笑。现在一份邮票多少钱？我回答不上来，我早就不用书信勾连他者。

而绿皮火车，它不载人，它载时间。载着时间慢腾腾地走，风一程雨一程，走到天荒地老。你不知道时间的起始，也不知道时间的终端。明天，明天，明天不会追着你跑。你富足，自在。你完全拥有你。

月光书信绿皮火车，一并放置玻璃瓶起化学反应，让一个人半夜三点突然醒来。他惦念春天河畔死去的鱼，他在月下苦苦找寻自己。我来自何方，我去向何地？

至于理想，爱情，那当然是应有之义，纵然时代的洪流惊涛拍岸。或者说，只有在浪涛里，我们才得以见到那些不肯泯灭的光亮。

书写五矿世界时，我一遍遍想起 V·S·奈保尔说的话。他说:"我从我的过去而来,我就得写我所来之地的历史,写那些被遗忘的人。"

我承认,在锈迹斑驳的铁链子里,我筑起纪念碑。无意于史诗英雄的碑,它不过一粒芥子。然而,偌大的须弥山也必是纳于芥子之中。

被遗忘的人也是人。

"石膏所产,甲于天下,锤凿运贩,足赡数口;田赋中上,故人皆安土重迁;万金不下百户,丰盈之象,异乎昔日所云矣。"在这样的清宁县志里,他们曾经活得面色红润腰板挺直。当矿外还不知道"汽水"是何物时,他们拿汽水当白开水喝。可,变革来了。变革被时代推至眼前,出走与留守,爱情与欲望,信仰与金钱,何去何从?起伏,冲突,困局,如浪如涛,挟裹而来。深水里,何以摸石头过河?何以造出新鲜的血,与困顿握手言欢?若不言欢,也心向往之,这是"人"的难题。

五矿世界固然是要讲故事给你听,三十年前的故事,三十年后的故事。无论是上世纪的九十年代还是当下,无论是他们的离开还是回归,无论是倔强的挣扎还是哀婉的日常,人成长为人,旧人成长为新人,是世界永恒的核。

陈栋梁有陈栋梁的命运,邱红兵有邱红兵的命运,好似枝叶纷披,各有归路,他们却血脉同源爱恨与共——在命运的跌跌撞撞里，走过山重水复，走向柳暗花明。

生活在变，时代在变，不变的永远是人给予这世间的一切热愿和情义。

谨以此，纪念那些过去的和必将过去的日子。

周 芳

2024年1月

图书在版编目（CIP）数据

膏矿叙事 / 周芳著. -- 上海：上海文艺出版社，2024
　ISBN 978-7-5321-8852-9

Ⅰ.①膏… Ⅱ.①周… Ⅲ.①长篇小说－中国－当代
Ⅳ.①I247.5

中国国家版本馆CIP数据核字(2024)第011849号

发 行 人：毕　胜
责任编辑：李　霞
装帧设计：白砚川

书　　名：	膏矿叙事
作　　者：	周　芳
出　　版：	上海世纪出版集团　上海文艺出版社
地　　址：	上海市闵行区号景路159弄A座2楼　201101
发　　行：	上海文艺出版社发行中心
	上海市闵行区号景路159弄A座2楼206室　201101　www.ewen.co
印　　刷：	崇明裕安印刷厂
开　　本：	1240×890　1/32
印　　张：	8.875
插　　页：	2
字　　数：	156,000
印　　次：	2024年8月第1版　2024年8月第1次印刷
Ｉ Ｓ Ｂ Ｎ：	978-7-5321-8852-9/I.6978
定　　价：	59.00元

告 读 者：如发现本书有质量问题请与印刷厂质量科联系　T：021-59404766